Annette Naujoks

Die lange Reise der Nette K.

www.tredition.de

© 2015 Annette Naujoks

Umschlaggestaltung: Ildiko Naujoks
Lektorat, Korrektorat, Satz: Ildiko Naujoks

Verlag: tredition GmbH, Hamburg
978-3-7323-7056-6 (Paperback)
978-3-7323-7057-3 (Hardcover)
978-3-7323-7058-0 (e-Book)
Printed in Germany

Bibliografische Information der Deutschen Nationalbibliothek:
Die Deutsche Nationalbibliothek verzeichnet diese Publikation in
der Deutschen Nationalbibliografie; detaillierte bibliografische Da-
ten sind im Internet über http://dnb.d-nb.de abrufbar.

Widmung

Ich widme dieses Buch der Erinnerung an meine Mutter,
Martha Kopanka,
meinen Geschwistern,
meinen Kindern und Enkelkindern,
und all meinen Freunden,
die mich bestärkten, es zu schreiben.

Inhaltsverzeichnis

Vorwort

Manchmal erwache ich in den Nächten.
Es ist, als senge mir die Haut,
und Schutt und Rauch um mich.
Dann Licht – Erinnerung
an Wiesen, Wald und Feld,
auch an den Kachelofen, der Wärme strahlte,
wenn Eisblumen die Scheiben zugemalt.
Ich spür den Klaps und auch die Zärtlichkeit
von Mutters Hand.
Ein wenig bin ich immer noch ihr Kind.
Doch ist der Herbst schon da,
mein Schmuck ist weißes Haar,
und Enkelkinder wollen wissen:
"Wie war dein Leben, Großmama?"
Ich trenn den Traum jetzt von der Wirklichkeit.
Vergangenes wird niemals ungeschehen,
doch richte ich nicht und teile es nicht
in Gutes und in Böses.
Es ist mein Leben,
von dem ich hier erzähle.

Diepholz, im Oktober 2015

Zuhause in Masuren

Von der ersten Station meiner langen Reise erfuhr ich durch die sich oft wiederholenden Erzählungen meiner Verwandten. „Weißt du noch, Martha", sagte mein Onkel Adolf manchmal zu meiner Mutter, „weißt du noch, das Nettchen wollte und wollte nicht ins Licht der Welt gucken."

Ja, das Licht der Welt! Ich erblickte es am 24. Oktober im Jahr 1936. Es schien durch ein kleines Fenster eines masurischen Häuschens und weil es an diesem Oktobertag nur spärlich den Raum erhellte, blakte noch die Petroleumlampe dazu.

Ich konnte mich mit dem Licht nicht anfreunden, ich übte mich im Schlafen ohne zu trinken und Mutter bekam Fieber. Großmutter flehte zu Gott um unser Leben, doch ich wollte meines nicht annehmen. Da beorderte meine Großmutter meine Tante Hedwig mit Pferd und Kutsche zu uns, um mich zum 2. Advent zur Kirche zu fahren, damit ich nicht ungetauft in den Himmel komme. Tante Hedwig wollte meine Patin sein und mich zum Taufbecken tragen.

Meine Großmutter soll gedrängt haben loszufahren, doch meine Tante ließ sich nicht aus der Ruhe bringen. Nach einem kurzen Gespräch meiner Tante mit ihrem Pferd erlebte ich, warm in einen Pelz gehüllt, meine erste Ausfahrt.

Der Pfarrer in der Kirche zu Komilsko erwartete uns schon. Das kalte Wasser, welches mir auf die Stirn geträufelt wurde, hatte alle Lebensgeister in mir erweckt. Während der Rückfahrt bekam ich rote Wangen. Hungrig wie ein Wolf soll ich mich nach der Taufe gebärdet haben und fortan gefiel mir das Licht der Welt.

Meine Großmutter war es, die mich zuerst auf ihren Armen trug, denn meine Mutter erholte sich nur langsam von der Entbindung. Großmutter war geübt in Kindererziehung und Krankenpflege. Sie hatte zwölf Kindern das Leben gegeben, auch schon mehreren Enkeln die Nasen geputzt und nun half sie mir ins Leben.

Mein fast zwei Jahre älterer Bruder konnte nicht verstehen, warum sich alle nur um die kleine Annette kümmerten, mit der er so gar nichts anfangen konnte. Sie lag in der Wiege wie ein fremdes Wesen, nicht einmal nach dem Hampelmann, den er ihr in die Wiege legte, griff sie.

Großmutter war es auch, die den schluchzenden kleinen Jungen aus meiner Wiege hob. Um ein Haar, so erzählte Mutter später, hätte ich keine Luft mehr bekommen. In dem kleinen Haus, inmitten eines Gartens, drehte sich nun nicht mehr alles nur um das kleine Nettchen, der Sohni, wie sie meinen Bruder Siegward nannten, gehörte wieder richtig dazu.

Als ich meine ersten Schritte wagte, soll ich mitten ins Blumenbeet gefallen sein. Das Hoftor musste immer verschlossen bleiben, weil mein Bruder und ich sonst womöglich noch in einen der drei Teiche gefallen wären. Das Wasser zog meinen Bruder magisch an. Ich tippelte hinter ihm her. Wir bestaunten die Störche, wenn sie in den Wiesen in der Nähe der Teiche nach Futter staksten.

Poseggen, unser Geburtsort, war eines der kleinsten Dörfer Masurens. Zu keiner Zeit soll es mehr als acht Hofstellen dort gegeben haben. Dazu kamen noch einige Insthäuser, die zu den Höfen gehörten. Das Haus, in dem wir wohnten, gehörte zum Anwesen Friedriszik. In ihm hatten schon meine Großeltern gewohnt. Meine Mutter und ihre Geschwister wurden in diesem Haus geboren.

Es veränderte im Laufe der Jahre sein Aussehen nie wesentlich, meist waren die Fensterrahmen braun und die Mauern leuchtend weiß, das Dach aus Schilf blieb lange graugrün bemoost. Mit der Zeit wurde das Haus, das immer voller Leben war, müde, es alterte zusehends. Daher entschlossen sich meine Eltern, in das nicht weit entfernte Königstal zu ziehen.

Dort gab es einen Bahnhof, ein großes Gemeindehaus und, was für meine Mutter von besonderer Wichtigkeit war, eine Spielschule für uns Kinder.

Außerdem konnte man sogar zu Fuß nach Poseggen gehen, um noch Obst im Garten zu pflücken oder Großvaters Grab auf dem Friedhof zu besuchen.

Ich erinnere mich noch daran, dass ich einmal in Poseggen in einem Kirschbaum gesessen habe und Kirschen pflückte. Mein weißes, von Mutter geschneidertes, Kleid war für immer verdorben. Meine Cousinen, mit denen ich den heimlichen Ausflug zu Großmutters Garten unternommen hatte, sahen nicht besser aus. Ich sollte nie wieder ein weißes Kleid bekommen, hatte Mutter versichert, doch bald schon nähte sie mir ein neues.

Am 31. Mai 1940 wurde meine Schwester Edeltraud geboren. Unsere Wohnung in Königstal wurde uns zu eng. Wir verlegten unseren Wohnsitz nach Dreifelde, wohnten dort eine kurze Zeit bei der Familie Zyka im Haus und zogen dann bald in das Mietshaus des Bauern Knies.

Es war ein kleines Anwesen, mit einem Stall für Schweine, Kaninchen und Hühner. Neben dem Stall stand ein geräumiger Bretterschuppen für Kohle und Holz, in dem auch noch genug Raum für uns Kinder zum Spielen blieb.

Auf dem Hof befand sich ein großer Gewölbekeller. Ich mochte ihn nur von außen. Drin war es zu jeder Jahreszeit unangenehm kalt. Ich betrat ihn, sollte ich etwas aus ihm holen, jedes Mal widerwillig. Doch meine Mutter war begeistert von diesem Keller, sie bewahrte dort Gemüse, Eingewecktes und Obst auf. Ganz in der Tiefe, in einer Nische, lagerten monatelang aus dem zugefrorenen See geschlagene Eisblöcke.

Im kleinen Gärtchen am Haus zog Mutter Gemüse. Ließ der Regen mal auf sich warten, schöpfte sie das Wasser zum Gießen aus dem Brunnen, der im Garten zwischen Haus und Gewölbekeller lag. Auch unser Wasser für den Hausgebrauch holten wir aus ihm. Wurde der Schöpfeimer, der an einer Kette hing, heruntergelassen, gaben Kurbel, Holzwinde und Kette ein seltsam quietschendes und rumpelndes Geräusch von sich.

Ich fürchtete mich, in den Brunnen zu sehen, auch erschrak ich immer wieder, wenn der Eimer in das Wasser platschte. Sobald der Deckel wieder auf dem Brunnen lag, verlor ich die Furcht und pantschte im vergossenen Wasser.

Unser neues Zuhause gefiel mir. Besonders liebte ich den Flieder an der Feldwegseite, ganz nah am Haus. Ich tat es bald meinem Bruder nach und kletterte in die Fliederbüsche, um in Küche oder Wohnstube zu gucken. Manchmal war ich ganz benommen von seinem Duft.

In einem kleinen Handwagen zogen mein Bruder oder ich unsere kleine Schwester hin und her. Das gefiel ihr. Meine Schwester war sehr zart. Ihre hellblonden Locken glänzten und ihre dunkelbraunen Augen fielen sofort auf.

Wir Geschwister sahen uns nicht sehr ähnlich. War die ganze Familie beisammen, sah aber jeder sofort, dass wir zusammen gehörten. Ich, die blasse, schwarzhaarige Nette, käme sehr nach dem Vater, Trautchen und Siegward hatten von beiden Eltern etwas, so stellten die Verwandten fest.

Mein Vater nannte meine Schwester „mein Sternchen". Ihr Haar hatte tatsächlich etwas vom Leuchten der Sterne. Ich war Vaters Pünktchen, Großmutters Nettchen und Mutters Annette, wenn sie mit mir schalt.

Mein Bruder aber wurde von allen nur Sohni oder Siegi gerufen. Immer nahm er eine besondere Stellung ein. Er war der Große, durfte seine Schwestern beschützen, und das tat er auch. Kamen unbekannte Kinder zu uns an die Pforte, ließ er sie nicht ein.

Dreifelde, meine Eltern nannte es Kalenzinnen, wurde mein richtiges zu Hause. Was ich hier erlebte, erfasste ich bewusst und nahm es mit für alle Zeit.

Mutter, Vater und Großmutter

Meine Mutter trug die Freuden und Sorgen, drei Kinder zu erziehen, alleine. Vater war schon seit September 1939 als Soldat in den Krieg eingezogen und bekam nur selten Urlaub. Doch die Tage, die wir dann erlebten, waren voller Freude.

Einmal, es war um die Weihnachtszeit, hatte er Urlaub. Draußen trieb der Schnee. Mutter knetete in der Küche den Teig für die Mohnrolle und wir ritten abwechselnd auf Vaters Rücken durch die Zimmer. Trieben wir es zu toll, rief Mutter: „Willy, Willy, nun ist's aber genug." Dann landeten Pferd und Reiter meistens auf dem dicken Flickenteppich und konnten vor Lachen nicht gleich aufstehen.

Als das Schneetreiben nachgelassen hatte, ging unser Vater aus dem Haus. Er müsse noch zum Weihnachtsmann, hatte er uns Kindern erklärt und wir sollen mal ganz lieb sein, bis er wiederkommt. Er war tatsächlich beim Weihnachtsmann, denn er kam erst wieder, als wir schon die Petroleumlampe angezündet hatten.

Er polterte ins Haus. Auf der Schulter trug er einen dunkelbraunen Sack, setzte ihn auf den Küchentisch. Mutter rief: „Willy, Willy" und wollte noch die Tischdecke retten, die sie gerade aufgelegt hatte. Der Sack fiel um, und es rollten Äpfel, Nüsse und Rauchwürste auf den Fußboden. Alles – Sack, Nüsse und Würste und was sonst noch zum Vorschein kam, waren Geschenke für den Heimaturlauber und seine Familie. Außer diesen Gaben hatte Vater wohl überall ein Schlubberchen erhalten, denn es dauerte nicht lange und er schlief auf dem Sofa ein.

Nur wenige Tage währte Vaters Heimaturlaub. Viel zu kurz war die Zeit, die Abende mit ihm waren besonders schön.

Ich mochte es, wenn Vater unsere Mutter bat: „Moritz, sing uns was." Sie sang Lieder, bei denen ich traurig wurde. Am liebsten hörte ich „Ännchen von Tharau" und „Ein kleines Mädchen zart schon früh eine Waise ward."

Am Tag schmiedeten meine Mutter und mein Vater Pläne für die Zeit nach dem Krieg. In Johannisburg, sie wussten sogar schon wo, wollten sie ein Haus bauen und Vater wollte dort sein Büro einrichten. „Versicherungsbüro Willy Kopanka Märkische Vieh-Versicherungs-Gesellschaft a.G. in Berlin" sollte dort an der Tür stehen.

Und Mutter träumte von einer Schneiderstube, in der sie ungestört arbeiten könnte. Wie ihre Brüder, Adolf und Eugen, hatte auch Mutter das Nähen gelernt und sie tat es mit Begeisterung. Sie nähte nicht nur für uns, manche Bäuerin brachte Stoff für ein Kleid oder für Bettwäsche.

Einmal passierte es, dass Siegward aus einem zugeschnittenen Rock für mich eine Mütze nähte. Mutter war fassungslos. Ihr Sohni konnte nähen. Zugesehen hatte er oft genug und manchmal hatte Mutter ihn so zum Spaß das Handrad und den Fußantrieb bedienen lassen. Mutter wagte es nicht mehr, ihre Näharbeiten offen liegen zu lassen.

Die Eltern hatten uns in Johannisburg die Schule gezeigt, in die wir dann gehen würden. Sie war viel größer als unsere in Dreifelde. Ich mochte Johannisburg, wir besuchten oft unsere Verwandten. Doch besser als in unserem Dorf gefiel es mir dort nicht.

Zu Hause saß ich gerne in der Küche auf der Bank zwischen Küchentisch und dem schmalen Fenster oder auf dem Kohlenkasten in der Nähe des Herdes. Vom gekachelten großen Herd mit Backröhre ging Wärme aus.

Oft schnupperte ich den Geruch vom frischen Brot oder Plinsen, und schmorte eine Gans in dem Ofen, wurde ich ganz wild darauf, ein Stückchen von ihrer braunen Kruste zu naschen, noch ehe diese auf den Tisch kam. Mein Bruder teilte meine Leidenschaft und auch beim Streuselnaschen waren wir gleich fleißig. Erwischte uns Mutter beim Naschen und nannte uns dann Annette und Siegward, war es besser, ihr eine Weile aus dem Weg zu gehen.

Als unsere Großmutter wieder bei uns war, nahm sie uns oft in Schutz. Zog sie ein wenig an ihrer langen Schürze, wusste ich, was ich tun musste. Nette steckte also hinter Omas Schürze, und ehe sie wieder hervorkam, war Mutter wieder versöhnt. Wir alle fanden Gefallen an diesem Spiel.

Es war schön, dass Großmutter wieder bei uns wohnte. Mit Umsicht sorgte sie für uns. Es war ihr wichtig, dass im Winter, ehe wir ins Bett huschten, unsere Federbetten am Kachelofen vorgewärmt wurden. Sie drückte mit ihrem ganzen Körper das Deckbett gegen die braunen Kacheln. Auf ihren Zuruf: „Husch, husch", warfen wir unsere Plaids ab, die wir, um nicht im Nachthemd zu frieren, umgelegt hatten und huschten unter unser nun mollig warmes Federbett. Damit unsere Füße auch genug Wärme erhielten, holte Großmutter für jeden noch einen Stein aus der Ofenröhre.

Vor dem Nachtgebet erzählte sie uns manchmal eine Geschichte. Einmal hörte Großmutter mitten im Erzählen auf. Wir hörten draußen Soldaten marschieren, sie sangen laut: „Heute gehört uns Deutschland und morgen ..." Großmutter begann leise zu beten: „Herrgott, vergib ihnen ihre Schuld ", „wie wir vergeben ..." beteten wir Kinder leise mit. Sie achtete immer darauf, dass wir nie unser Abendgebet vergaßen.

Ich liebte meine stille, fast immer in Schwarz gekleidete Großmutter sehr und wünschte mir, sie bliebe nun immer bei uns in Dreifelde.

Dreifelde

Unser Dorf, das nahe der Johannisburger Heide lag, zog sich mit seinen Häusern und Stallungen, dem Bäcker, der Molkerei, der Schule und dem Kaufmann, ins Ackerland hinein. Man sah die Häuser vom Gut Borken. Ein wenig abseits, nahe am Wald, befand sich der Bahnhof.

Dort, wo wir sonst Pilze suchten und Beeren pflückten, zogen sich nun tiefe Gräben durch den Wald, und uns Kindern war es bei Androhung von Strafe verboten, das Dorf zu verlassen.

Die Zigeuner kamen auch nicht mehr ins Dorf, ich mochte ihre Musik und ihre Tänze. Unser Leben änderte sich. Jede kleinste Ritze in den Fensterläden wurde abgedichtet und zusätzlich noch Decken vor die Fenster gehangen. Unsere Petroleumlampen leuchteten nur noch auf Sparflamme, auch die Öfen gaben nicht mehr genug Wärme. Holz und Kohlen erhielten wir nur noch auf Zuteilung.

Es war, als verwandelte sich unser Dreifelde zu einem Militärlager. Mutter musste in unserer Küche für Soldaten kochen. Zur Mittagszeit holten sie sich in ihren Kochgeschirren das Essen.

Immer mehr Soldaten und Zwangsarbeiter befanden sich im Dorf. Der leere Stall neben der Schule wurde eine Unterkunft für Zwangsarbeiterinnen. Täglich gingen diese Frauen unter Bewachung in Richtung Johannisburger Heide zum Panzersperrenbau. Am Nachmittag schlurften sie müde und schmutzig zurück.

Manchmal hörten wir in der Ferne Gewehrschüsse. Die Erwachsenen sprachen davon, dass die Toten gleich im Wald begraben werden. Mutter zuckte zusammen, hörte sie Schüsse. Einmal sagte mein Bruder: „Da ist wieder einer auf der Flucht erschossen." „Wie kommst du darauf?", fragte sie, und bat: „Siegi, bitte sag so etwas nicht."

Die Angst ging um im Dorf. Jetzt brauchte uns keiner Spukge-schichten erzählen, wir fürchteten uns auch so. Solange es aber hell war und die Soldaten uns Kinder mit trockenen Keksen beschenk-ten, war alles gut. Kam aber die Dunkelheit, dann fürchtete ich, die Partisanen könnten kommen und uns das Haus anzünden. Es hieß, sie kommen von der polnischen Seite.

Polen war ganz nah. Nur vierzehn Kilometer und dann durch den Grenzfließ, hatte Mutter mal lachend gesagt, als sie mit Gustav Linda heimlich über die Grenze ging und Tauschgeschäfte machte. Jetzt war so etwas ganz unmöglich geworden. Wir lernten in der Schule, dass wir Deutsche sind und dass wir mit polnischen Men-schen keinen Kontakt haben dürfen.

Doch zum Arbeiten wurden Polen auf die Höfe und in die Haus-halte gebracht. Das war alles eigenartig. Bisher sprachen einige Leute aus dem Dorf auch polnisch, besonders, wenn wir Kinder etwas nicht verstehen sollten.

Mutter schaffte es nicht allein uns Kinder zu versorgen und noch für die Soldaten zu kochen. Bei uns half nun eine junge Polin. Wir nannten sie Gretchen. Ihre schönen blonden Zöpfe steckte sie tags-über hoch und bedeckte sie mit einem bunten Kopftuch. Sie half Mutter in der Küche und arbeitete auch auf dem Hof. An den Abenden spielte sie manchmal mit uns oder sie sang uns etwas vor. Manchmal neckten die Soldaten das Mädchen, wenn sie ihr im Haus oder Hof begegneten. Manche nannten sie Polka.

Eines Tages kam sie nicht mehr. Mutter sagte uns, sie wäre zurück nach Polen. Doch dann kam Gretchens Mutter und wollte sie besu-chen. Meine Mutter ging mit ihr ins Wohnzimmer. Ich wusste nicht, worüber sie sprachen. Ich erfuhr erst viele Jahre später, dass Gretchen, die eigentlich Stassia hieß, von einem deutschen Solda-ten erschossen worden war, weil sie sich ihm verwehrte.

Als Gretchen noch bei uns war, fand manchmal etwas Seltsames statt. Mutter hatte alle Fenster auf richtige Verdunklung überprüft. Auf dem Herd standen Töpfe mit heißem Wasser und unsere Badewanne und Waschschüsseln waren in der Küche aufgestellt. Grete trug noch mehrere Eimer kaltes Wasser rein, dann setzte sie sich zu uns Kindern und sang. Mutter löste sie meist ein Weilchen später ab und bald schliefen wir ein.

Trotzdem wusste ich, auch mein Bruder, was in der Küche geschah. Zwangsarbeiterinnen - zwei oder drei - wuschen sich ihr Haar und den Körper. Der Topf mit Suppe, der an diesen Abenden bereit stand, war am nächsten Morgen jedes Mal leer.

Wir waren von Mutter angehalten, über alles, was bei uns im Haus geschah, still zu schweigen, auch wenn uns jemand etwas fragte. Wir taten, was sie von uns verlangte. So antworteten mein Bruder und ich auch auf die Frage unseres Lehrers, was es denn bei uns zu Mittag gab, immer „Suppe oder Plinsen mit Zucker".

Auffällig viele Kinder nannten den Eintopf, Kartoffel- oder Erbsensuppe. Schweine- oder Rinderbraten gab es wohl überhaupt nicht mehr, nicht mal bei den Bauern. Schlachten war verboten, deshalb durfte Braten nicht genannt werden. Und doch verschwand manches Schwein. Es fand sich als Gepökeltes oder Eingemachtes in den Kammern der Bauern wieder, obwohl es eigentlich zur Verpflegung der Wehrmacht bestimmt war.

Schweinchen schlachten

Als es noch erlaubt war, Schweine für den eigenen Bedarf zu schlachten, fand bei uns ein Schlachtfest statt. Mutter hatte im kleinen Stall auf dem Hof ein Schwein gefüttert. Onkel Gustav, einer von Vaters Brüdern, war Schlachter und Fleischer. Onkel Gustav war ein fröhlicher Mann, er erzählte gern Spukgeschichten, nahm ebenso gerne mal ein Schlubberchen und tobte mit mir und meinen Geschwistern umher. Er spielte mit uns Fangen und Verstecken. Wir hatten unseren Onkel gern - und er uns.

Einmal sagte er zu unserer Mutter (und das meinte er wohl nicht nur als Scherz): „Das Herrgottchen meint es mit Willy gut, er hat ihm das Marthchen und die Kinderchen gegeben und mich hat er ganz vergessen."

Damals war Onkel Gustav noch ledig und die Verwandten neckten ihn. Auch Mutter foppte ihn, denn sie sagte, dass das Herrgottchen ihm aber in jedem Dorf eine Braut parat hält, nur müsste das Gustavchen auch mal in einem Dorf länger als nur zu einem Schlachtfest bleiben. Diese Neckereien gingen im Gelächter aller Anwesenden unter und Onkel Gustav tat seine Pflicht, er wetzte das Messer und ging in den Stall.

Zum eigentlichen Schlachten wurden wir Kinder ins Haus geschickt. Hing das aufgebrochene Schwein aber zum Abhängen an der Stallwand, durften wir Kinder wieder nach draußen. Doch das Haus hatte Fenster zum Hof, so war uns vom vorherigen Tun nichts verborgen geblieben.

Meine Tante Hedwig war aus Bromberg gekommen, um Mutter zu helfen. Obwohl sie jetzt eine feine Dame war, hatte sie nicht verlernt, wie Leberwurst und Blutwurst gekocht wurde. Sie half Mutter und Onkel Gustav beim Wursten.

Tantes Kinder, Walter, Dieter und Christa und wir drei Geschwister waren uns selbst überlassen. Die Jungen spielten Räuber und Gendarm. Ich saß auf dem Kohlenkasten und schnitt mit einer Schere Bandstücke zum Abbinden der Wurstenden.

Auf einmal bemerkte Mutter: „Die beiden Kleinen sind nicht mehr in der Küche". Niemand hatte auf sie geachtet. Mutter stürzte aus dem Haus. Ich hinterher. Auf der Bank vor dem Haus lag meine Schwester ganz still, Christa hielt ihr Onkel Gustavs Schlachtmesser an den Hals.

Ich bekam nicht mit, wie Mutter dem Mädchen das Messer aus der Hand nahm. Ich sah, wie meine Tante die kleine Christa schüttelte und sie anherrschte: „Was wolltest du da machen?" „Schweinchen schlachten", schluchzte die Kleine.

Onkel Gustav war kreidebleich, und mit zitternden Händen hatte er das Messer ins Futteral gesteckt und in seinen Rucksack verstaut. In der Küche nahm er einen Schluck aus der Flasche mit polnischem Wodka, dann murmelte er immerzu etwas vor sich hin. Ich glaube, er betete.

Es war das letzte Mal, dass Onkel Gustav bei uns in Dreifelde war, er wurde zur Wehrmacht einberufen. Tante Hedwig fuhr wieder mit ihren Kindern nach Bromberg. Mutter holte noch einmal Wurstsuppe aus dem Gewölbekeller zum Warmmachen und bald erinnerte nichts mehr an das Schweineschlachten.

Harz, Holz und weiße Federn

Nicht weit von Dreifelde entfernt, in Brödau (Bogumillen), wohnte Mutters Bruder Ewald mit seiner Frau Gertrud und seinen vier Töchtern. Sein Haus lag in der Nähe eines Grabens, der sich durch das Dorf zog. Es war umgeben von einem Garten mit Blumen und Gemüse und einem geräumigen Hof mit einem Stall für Gänse, Schweine und für anderes Kleinvieh.

Das Beste aber war für mich die Tischlerwerkstatt. In ihr roch es nach Harz und Holz, fast wie in einem Sägewerk. Hinter den verschiedenen Bretterstapeln in der Werkstatt und auf dem Hof konnten wir Kinder verstecken spielen.

Da Onkel Ewald als Soldat im Krieg war, blieb seine Werkstatt verwaist. Meine Cousine Ruth, ich und mein Bruder taten nun so, als gehöre uns die Werkstatt. Siegward schnitzte und werkelte, baute Bretterkarren und Fußbänke. Wir Mädchen nutzten sie, um mit unseren Puppen in ihr Schule zu spielen und uns in ihr zu verkleiden. Ich war gerne in Brödau bei meiner Tante Trudchen.

Mutter war wegen einer Augenerkrankung in einer Klinik. Cousine Inge betreute uns Kinder während dieser Zeit. Eines Tags aber, ich weiß nicht, aus welchem Grund, kam mein Cousin Helmut aus Turowen mit dem Fuhrwerk und fuhr uns alle vier nach Brödau.

Mag sein, dass der jungen Inge die Arbeit mit uns dreien zu viel wurde und sie deshalb mit uns in die Obhut ihrer Mutter flüchtete. Tante Trudchen hatte nun das Haus voller Kinder.

Erna und Inge, ihre Großen, mussten sich mit um uns Bälgerchen kümmern. Oft saßen die großen Mädchen mit Freundinnen, und manchmal auch einige junge Burschen, auf Onkel Ewalds Bretterstapel und sangen. Ruth und ich hüpften zu Tanzliedern auf dem Hof hin und her.

Manchmal spielte jemand Akkordeon. Erklang dann ein Krakowjak, waren die Jungen nicht zu halten. Sie schnappten sich ein Mädchen und stampften über den Hof. Lagen dann Ruth und ich neben unseren kleinen Schwestern im Bett, konnten wir noch ein Weilchen den Gesang hören.

Einmal spielte ich ganz alleine mit Ruth. Mein Bruder war über den Graben gesprungen und zum Nachbarjungen zum Spielen gegangen. Dort ärgerten sie die Gänseschar und liefen wie im Galopp davon, wenn der Ganter hinter ihnen her war.

Nun war die Zeit, dass die Gänse geschlachtet wurden. Es blieben auf den Höfen nur noch jeweils die am Leben, die zum Brüten ausgesucht waren und die, die ein Weihnachtsbraten wurden. So war es auch mit Tante Trudchens Gänsen.

In der Werkstatt befanden sich mehrere Holzfässer voller Federn, die dort, bis zum Schleißen im Winter, ablüften sollten. Ruth und ich fanden die weißen Federn, wühlten mit den Händen ein wenig darin, wussten nichts rechtes damit anzufangen, und liefen wieder auf den Hof. Ruth rief zu den Jungen rüber: „Sucht uns doch", wir liefen zurück in die Werkstatt und wie auf Kommando verschwanden wir jede in einem Federfass. Als wir die Jungen an der Tür hörten, duckten wir uns, das war unser Verhängnis. Die Federn krochen uns in die Nasen und Ohren. Die Jungen brauchten uns nicht zu suchen, wir kippten mit den Fässern um.

Nachdem sich Tante Trudchen vom Schreck erholt hatte, mussten wir die Kleider wechseln, und erhielten jede einen gehörigen Klaps auf den Dupps, das war unser Hinterteil. Anschließend half uns die ganze Familie, die Federn einsammeln.

Tante Trudchen sagte: „Bis Ewald wiederkommt, haben wir bestimmt auch das letzte Federchen gefunden." Sie hielt die Werkstatt immer sauber, damit mein Onkel sofort wieder arbeiten könne, wenn wieder jemand Möbel braucht. An diesem Federtag gab es zum Abendbrot noch Klunkersuppe und Butterbrot, es war ein ganz und gar weißer Tag.

Fisch in weißer Soße

Diese Suppe esse ich nicht, so hätte ich sagen können, wenn bei uns Fischsuppe aufgetragen wurde. Doch das brauchte ich gar nicht, denn jeder in unserer Familie wusste, Nette isst keinen Fisch. So erhielt ich zu meinen Salzkartoffeln Spiegelei oder Rührei mit Spirgel (Speck), dazu noch eine Tasse Milch. Es schmeckte mir besonders gut, denn ich bekam am Fischtag immer mein Lieblingsgericht. Ich war mit dieser Reglung zufrieden.

Und dem unangenehmen Geruch vom frischen Fisch wich ich geschickt aus. Sah ich den Fischhändler mit seinem Wagen an der Straße halten, lief ich sofort weg. Mein Bruder aber rief, sah er ihn: „Oma, komm es gibt Fisch." Großmutter oder Mutter, wer gerade zu Hause war, kaufte also Fische. Moränen, Stinte, Hecht und andere standen dann gebraten, gekocht oder sauer eingelegt auf unserem Speiseplan.

Mir war es ganz egal, was da auf dem Tisch stand, ich aß es sowieso nicht. Ich konnte nicht verstehen, dass Siegward das Fischfleisch von den Gräten ablutschte. Manchmal schmatzte er sogar während der Fischmahlzeit vor Behagen. So benahm er sich auch, als unser Vater einmal über Ostern einige Tage bei uns weilte.

Unser Tisch in der Wohnküche war festlich eingedeckt. Großmutter nahm auf einem Stuhl platz. Wir drei Kinder saßen nebeneinander auf der Sitzbank, Vater und Mutter uns Kindern gegenüber. Ich wunderte mich über diese Sitzordnung. Mein Platz war sonst immer neben Großmutter, die nun für Trautchen etwas Suppe, entgräteten Fisch und Kartoffeln zusammen mischte. Nach dem Tischgebet wünschte Vater uns allen „guten Appetit."

Mutter legte mir dampfende Salzkartoffeln auf den Teller, einen Fisch dazu und füllte weiße Soße darüber. Erschrocken sah ich sie an. Sie wich meinem Blick aus.

Hilfe suchend blickte ich zu Großmutter, doch die tat so, als gäbe es mich gar nicht. Sie half unserer Kleinen beim Essen. Ich schob meinen Teller etwas zurück, Vater setzte ihn wieder vor mich hin. Siegward schmatzte. Vater sah ihn an und sagte: „Sohni, schmatz nicht so." Sofort aß Siegward ohne störende Geräusche weiter.

Vater und ich aber belauerten uns. Mehrmals setzte ich meinen Teller zurück. Vater sah mich streng an und äußerte: „Ab jetzt wird gegessen, was auf den Tisch kommt." Trotzig schob ich nochmals meine Mahlzeit zurück. Weiße Soße schwappte auf die noch weißere Tischdecke. Ich spürte einen Schlag auf der Wange. Entsetzt sah ich Vater an, ich schluckte, war nicht fähig zu weinen noch etwas hervorzubringen.

In den Augen meines Vaters sammelten sich Tränen. Plötzlich stand er auf und verließ die Küche. Stille erfüllte den Raum. Siegward schob mit der Gabel in seinem Essen hin und her. Großmutter brachte Trautchen zur Mittagsruhe ins Schlafzimmer. Mutter stand auf und ging Vater hinterher.

Ich nahm mein Besteck auf und begann zu essen. Als die Eltern wieder in die Küche kamen, war mein Teller blitzblank leer gegessen. Mutter räumte die Reste von den anderen Tellern in den Patscheimer, goss auch noch die restliche weiße Fischsoße dazu.

Siegward und ich gingen den Eltern aus dem Weg. So hatte Trautchen einen Nachmittag ihren Papa ganz für sich alleine.

Nie vorher hatte Vater die Hand gegen einen von uns erhoben. Immer war er es, der mit ruhigen Worten einen Streit beendete. Von Mutter gab es rasch mal einen Klaps.

Für mich stand die Welt auf dem Kopf. Ich flüchtete mich zur Großmutter. Endlich konnte ich weinen. Als ich mich beruhigt hatte, meinte sie: „Das kommt davon, dass dein Papa wieder fort muss. Er ist zu selten hier, sei ihm wieder gut." Es war so schwer die Erwachsenen zu verstehen.

Am Ostersonntag suchten wir mit Vater zusammen im Garten und Hof nach den Osternestern. Er nannte mich wieder: „Mein Pünktchen." Und auf meinen Ostereiern leuchteten viele, viele bunte Punkte. Heute weiß ich, es war seine Abbitte. Bei seinem nächsten Urlaub wunderte er sich, wie gut mir Fisch mit weißer Soße schmeckte.

Ich fahre nach Johannisburg

In Johannisburg lebte Mutters Bruder Adolf und seine Frau Else. Dort, so sagte Tante Else, sei mein zweites Zuhause. Ich war oft bei ihnen. Jedes Mal buchstabierte ich das am Hauseingang angebrachte Namensschild. Dort stand in großen blauen Buchstaben auf weißem Grund:

Maßschneiderei des Schneidermeisters

Adolf Friedriszik

Onkel Adolf legte Wert auf den Titel Schneidermeister. Er war tatsächlich ein Meister im Schneidern.

Manchmal durfte ich bei einer letzten Anprobe dabei sein. Die Herren in ihren Anzügen, oder die Damen in ihren Kostümen sahen so elegant aus, dass ich annahm, sie seien alle sehr, sehr reich und wohnten in einem Schloss. Doch bald merkte ich, dass Onkel Adolf sogar den Bäckermeister aus der nächsten Straße verwandeln konnte, der sah in seinem hellgrauen Tuchanzug so vornehm aus, dass ich ihn fast nicht erkannte.

Onkel Adolf beschäftigte in seiner Schneiderwerkstatt einen Gesellen, einen Lehrling und zuletzt auch einen Franzosen. Über die ganze Wandbreite erstreckte sich in der Werkstatt ein Schrank in Tischhöhe, auf dem der Lehrling und die Gesellen verschiedene Arbeiten verrichteten. Sie maßen, schnitten zu oder sie saßen darauf und hefteten.

Am Abend wurden die Schranktüren geöffnet und Betten konnten in den Raum herausgezogen werden. Es waren die Schlafstellen für die Beschäftigten. Für mich gab es im Schlafzimmer ein eigenes Kinderbett.

Zu meinem Lieblingsplatz aber wurde der Schranktisch in der Schneiderei. Von dort aus konnte ich zuschauen, wenn Onkel Adolf am großen Zuschneidetisch hantierte.

Es war spannend, was da passierte. Zuerst lag dort nur ein riesiges Stück Stoff, das in viele kleine Stücke zerteilt wurde. Es schien wie ein Wunder, die Gesellen und Onkel Adolf hefteten, nähten an den Maschinen, machten Anproben an der Schneiderpuppe, und eines Tages hing das Kleidungsstück auf dem langen Kleiderständer. An jedem Bügel hing ein Zettel: 1. Anprobe, 2. Anprobe, letzte Anprobe. Die fertigen Sachen hingen gesondert in einem Schrank, den durfte niemand außer Onkel Adolf öffnen.

Ging Tante Else mal ohne mich in die Stadt, durfte ich in der Werkstatt auf dem Schranktisch spielen. Ich schnitt aus Resten Tücher für meine Zopfpuppe Gretel, die immer bei Tante Else auf mich wartete. Die Gesellen sangen mir Lieder vor, bis ich sie konnte und sie freuten sich, wenn ich diese dann meiner Tante vorsang.

Elschen, so nannten die Gesellen sie, wenn niemand außer mir es hören konnte. Elschen wurde richtig böse, hörte sie dann meine Lieder. Eins der Lieder beinhaltete folgende Zeilen: „Eins, zwei, drei, vier, fünf, sechs, sieben, unsere Ziege kackt Rosinen, kommt der Vater mit dem Stock, du verdammter Ziegenbock."

Für solche Untaten bestrafte meine Tante ihre Jungchen, wie sie die Gesellen und den Lehrling sonst nannte. Sie ließ einfach am nächsten Tag im Gemüse oder in der Kartoffelsuppe den Speck weg, allerdings nur für die Jungchen.

Überhaupt kochte sie für uns meistens in einem anderen Topf. Tante Else war äußerst sparsam und mir schien, dass es von der Sparsamkeit kam, dass es mir zu Hause in Dreifelde viel besser schmeckte. Onkel Adolf kostete, war Elschen mal nicht den ganzen Vormittag im Haus, das Essen für die Gesellen und rührte zusätzlich Schmalz oder Butter ein.

Doch trotz der Sparsamkeit mochten wir alle unser Elschen. Irgendwie hatte sie etwas ewig Kindliches an sich. Badete sie mich, so sang sie mir mit fast kindlicher Stimme Lieder vor. Besonders gern hörte ich von ihr, „Zogen einst fünf wilde Schwäne".

Schwermut lag in Tantchens Stimme. Kämmte sie mir dann das noch feuchte Haar, nannte sie mich „Nettchen, mein Töchterchen".

Hatte ich zu Hause mal einen Streit mit meinem Bruder oder schimpfte meine Mutter mal mit mir, so sagte ich: „Ich fahre nach Johannisburg." Einmal habe ich es sogar gewagt, da gab es zu Hause eine richtige Suchaktion. Doch für immer wollte ich nicht nach Johannisburg. Umsonst bat Tante Else meine Mutter: „Gib mir das Nettchen."

Über den Pissek

Komm, Nettchen, wir gehen über den Pissek", sagte Tante Else manchmal zu mir, wenn ich bei ihr in Johannisburg weilte. Onkel Adolf neckte sie dann: „Man kann nicht gehen über den Fluss." Elschen guckte Adolf mit großen Augen an, schüttelte den Kopf und sagte: „Doch wir können." Sie nahm mich an die Hand und ging mit mir durch die Stadt.

An manchen Geschäften und auf dem Markt blieben wir stehen. Am Hotel „Graf Jorg" verweilten wir etwas länger. Tante sah gern den Gästen zu, die ein- und ausgingen. Besonders freute sie sich, wenn Damen mit Hüten und feinen Kleidern aus Kutschen stiegen.

Sie erzählte mir, so feine Damen wären bei ihr zu Hause ein und ausgegangen. Ich glaube, sie vermisste etwas die vornehme Gesellschaft. Tante Else, eine geborene von Spieborowski, stammte aus vornehmem Haus aus der Stadt Tilsit. Doch zu lange hielt sie sich nie mit ihren Gedanken in der Vergangenheit auf.

Sie vergaß nicht, wo wir hin wollten, nämlich über den Pissek. Und ich, obwohl ich genau wusste, was mir bevorstand, ging artig an ihrer Hand. Beim Bäcker kaufte Tante Else mir ein leckeres Stück Streuselkuchen, dann gingen wir weiter.

Je näher wir der Treppenbrücke kamen, die über den Fluss führte, umso ängstlicher wurde ich. Es war, als schlüge mein Herz bei jeder Stufe, die wir betraten, etwas schneller. In der Mitte der Brücke blieben wir stehen. Elschen sah auf das Wasser, sie ermunterte mich das gleiche zu tun. „Sieh, wie die Bäume sich spiegeln" oder „Horch, heute murmelt der Pissek", sagte sie manchmal.

Ich sah dann auf den ganz ruhig dahinziehenden Fluss, und kräuselte sich in Ufernähe das Wasser, schien es mir, als murmelte er tatsächlich, und mir fielen Geschichten ein, die die alten Leute sich über den Fluss erzählten.

Dadurch wurde mir nicht wohler und ich war froh, wenn ich am anderen Flussufer wieder die Erde unter den Füßen spürte.

Der Rückweg fiel mir leichter, ich vermied es, auf das Wasser zu gucken und Tante Else blieb nun nicht mit mir auf der Brücke stehen. Zu Hause erzählte ich stolz: „Ich bin über den Pissek gegangen."

Mutter kannte meine Scheu vor der Holzbrücke, und vermied es deshalb, Spaziergänge mit mir zu unternehmen, die über Brücken führten, doch Tante Else ahnte nichts von meinen Ängsten. Ich hielt ihre Hand ganz fest, nur so fühlte ich mich sicher.

Familienbesuche

Tante Ida besaß eine hübsche Wohnung in einem Mietshaus in Johannisburg. Besuchten wir sie, hielt ich mich meistens in dem geräumigen Wohnzimmer, der Küche oder auf dem kleinen Hinterhof auf.

Die Schaukel dort auf dem Hof war der Lieblingsplatz meines Cousins Horst. Horst war einige Jahre älter als ich. Seine Haare waren kurz geschnitten und blond, seine Gesichtszüge klar. Er lächelte, wenn ich ihm guten Tag sagte.

Glücklich war ich, nahm Horst mich an die Hand, um mir seine Schätze zu zeigen. Aus seinen Hosentaschen fingerte er bunte Murmeln hervor, die wir auf dem Hof rollen ließen. Manchmal beteiligten sich auch seine beiden Schwestern Traudel und Inge an diesem Spiel, doch am liebsten war ich mit Horst alleine. Er schubste mich ab, wenn ich schaukelte, nicht zu sehr, nur so, dass die Schaukel leicht schwang. Er wusste, dass ich es so am liebsten hatte.

Tante Ida besaß in ihrem Wohnzimmer einen Vogelkäfig, in dem ein grüngelber Vogel lebte. Manchmal gab er drollige Laute von sich. „Kisschen, Kisschen" oder so ähnlich brachte er zwischen Pfeif- und Zwitschertönen heraus.

Dieser Vogel hatte eine Leidenschaft, er flog, wenn er aus dem Käfig gelassen wurde, einige Male im Zimmer umher, um dann auf der Gardinenstange zu landen. Dort knabberte er stundenlang an der weißen Tüllgardine und dem braunen Überschal.

Traudel, Inge, ich und auch Tante Ida konnten, solange wir wollten, den Arm ausstrecken und betteln: „Komm, komm". Der Vogel kam nicht. Wir konnten den Raum nicht verlassen, hatten wir doch Angst, das Tierchen würde dann zur Tür hinausfliegen.

Horst saß während der ganzen Zeit in der Sofaecke und beschäftigte sich mit Ausschneiden von Bildern aus bunten Zeitschriften und Katalogen. Er tat, als bemerkte er uns gar nicht, stand dann plötzlich auf, stellte sich vor uns, sah zum Vogel hoch. Dabei spitzte er die Lippen und ein für mich fast unhörbarer Laut schaffte es, dass der Vogel ihm auf die Schulter oder auf die vorgehaltene Hand flog. Wie ein Sieger stand Horst da, und ich fand, dass er der beste Junge war, den ich kannte.

Einmal schenkte er mir eine Puppe, die er mir aus einem Schneiderkatalog ausgeschnitten hatte, dazu noch mindestens sechs Kleider und Hüte, die ich der Puppe mit feinen Pappstegen anlegen konnte. Er hatte alles mit leichter Pappe unterlegt, und es war ein richtiges Spielzeug für mich. Ich nahm dieses Geschenk an und verpackte es gut in mein kleines, braunes Köfferchen.

Die Tante und die Kinder begleiteten uns manchmal zum Zug, Horst trug dann meinen Koffer. Sehnsüchtig wartete ich immer auf die nächste Reise nach Johannisburg.

Im Sommer gingen wir dann zum See baden. Am Ufer versuchte Horst mir beizubringen, wie man einen Stein über das Wasser titschern lässt. Mein Stein plumpste jedes Mal mit einem Platsch in den See. Er lachte und zeigte es mir nochmals. In den Sommerferien besuchten unsere Familien sich gegenseitig.

Im Winter aber kamen oft die Städter zu uns aufs Land. Besonders Tante Ida, Horst und seine Schwestern liebten die Schlittenpartien durch die Johannesburger Heide. Es gab dabei viel Spaß.

Mir gefielen die Schneeballschlachten. Horst und mein Bruder bewarfen uns Mädchen und wir die beiden Jungen. Unsere Mäntel, Mützen und Kopfschützer waren weiß vom Schnee. Die Mütter hatten Mühe, uns wieder von der weißen Pracht freizuklopfen.

Am schönsten nach so einer Tour war das Teetrinken in der warmen Stube. Meine Mutter hatte dann jedes Mal eine Mohnrolle gebacken, und wir Kinder ließen es uns schmecken. Ein großes Stück von diesem Kuchen packte meine Mutter dann für die Tante ein. Horst aß Mohnrolle gern.

Von so einer Mohnrolle hat er nie wieder gekostet. Horst ist mit allen Schülern der Gehörlosenanstalt, in der er zuletzt zum Lernen untergebracht war, verschwunden. Plötzlich war die Anstalt leer.

Vergebens mühten sich Tante Ida und alle Verwandten, den Verbleib der Schüler zu erfahren. Nirgends gab es eine Spur von ihnen. Ich verstand nicht, wie so etwas geschehen konnte und hoffte noch lange darauf, dass Horst eines Tages wiederkommt.

Die Düsseldorfer kommen

Ich freute mich besonders, wenn mein Onkel Walter mit seiner Frau Käthe und Tochter Margot zu Besuch kamen. Onkel Walter meldete sich jedes Mal mit einer Kiste Wein an, die er in Düsseldorf mit der Eisenbahn abschickte, damit sie noch vor seinem Eintreffen bei uns ankam.

Die Düsseldorfer waren eine fröhliche Gesellschaft. Tante Käthe, eine Rheinländerin, und meine Cousine Margot sangen lustige Lieder. Ihren Dialekt fand ich angenehm. Beim Sprechen und Singen hörte ich ihnen gerne zu.

Sie waren beide so ganz anders als mein stets hochdeutsch sprechender Onkel, der aber seine ostpreußische Abstammung nicht verbergen konnte. Ihm, dem ältesten Bruder meiner Mutter, war als einzigem von Mutters Geschwistern ein Studium möglich gewesen. In der städtischen Klinik arbeitete er in der Verwaltung.

Ich wunderte mich, dass er Friedfeld hieß und nicht wie seine Brüder Friedriszik. Auf meine Frage danach erhielt ich nur die Antwort: „Das verstehst du noch nicht."

Später begriff ich, Onkel Walter hatte seinen Namen ändern lassen. Friedriszik klang zu polnisch. Doch Onkel Walter war deutsch, er wollte es auch nach außen sein. Seine Frau Käthe wirkte, stand sie neben ihm, klein und pummelig. Mit Tante Käthe sang ich das Lied: „Eine kleine Dickmadam fuhr auf einer Eisenbahn, Dickmadam die lachte . . ."

Onkel Walter und Tante Käthe zogen, nachdem sie ein-zwei Tage bei uns waren, noch anderen Besuch an. Viele von unseren in der Nähe wohnenden Verwandten kamen zu uns, und mehrere Tage war unser Haus voller Besuch.

Mutter buk und kochte. Sie hatte Freude an der Bewirtung von Gästen. Meine Tanten und Onkel kamen nicht nur meiner Großmutter wegen, nein, sie mochten auch das Marthchen, das nicht nur die masurische Küche kannte. Mutter hatte in Berlin in verschiedenen Haushalten die große Welt kennen gelernt und davon in ihre Heimat mitgenommen.

Zu der Einfachheit der ländlichen Kost kamen nun noch die Raffinessen der großstädtischen Küche. So gab es verschiedene gefüllte Fleischbraten, französische Zwiebelsuppe und ostpreußischen Kartoffelkuchen. Alles schmeckte nicht nur mir ganz köstlich. Doch es wurde immer schwerer, die Zutaten für diese schmackhaften Gerichte zu bekommen.

Es war verboten, für den eigenen Haushalt zu schlachten. Der Krieg war es, der alles so sehr veränderte. Er bewirkte auch, dass Tante Käthe, als sie uns zum letzten Mal besuchte, nicht mehr sang. Onkel Walter befand sich an der Front und sein Sohn Walter, wie es damals hieß, war auf dem Felde der Ehre gefallen.

Tante Käthe sprach nicht von Ehre. Sie haderte mit Gott und konnte es nicht begreifen, dass er diesen Krieg zulässt. Meine Mutter nahm die kleine pummelige Käthe in den Arm, die sich wie ein Hilfe suchendes Kind ausweinte. Mutter konnte trösten, ohne viel zu reden.

Besuch und Briefe

B esuch war etwas Besonderes. Ich umschwirrte ihn, war wie ein Schmetterling, der überall ein Tröpfchen Nektar naschte. Aus den Gesprächen der Erwachsenen nahm ich meistens nur das auf, was mir gefiel.

So fuhr ich, hatte ich den Düsseldorfern gelauscht, gedanklich mit einem Rheindampfer bis zur Loreley und ich behauptete sogar, das Lied des schönen Mädchens gehört zu haben. Mein Bruder meinte dann: „Anne spinnt."

Nur er nannte mich Anne. Wir beide liebten Besuch, fast genau so schön fanden wir Post zu erhalten. Die Besucher verabschiedeten sich bald, doch Briefe konnten wir immer wieder in die Hand nehmen. Oft bat ich Mutter oder Großmutter: „Lies bitte noch mal Tantes (oder Onkels) Brief."

Am liebsten hörte ich Vaters Zeilen. Ich beneidete Siegward, er konnte schon richtig lesen. Laut zu lesen aber weigerte er sich. Doch den Brief, den mein Vater meiner Schwester schrieb, las er mir ganz langsam vor. Bald konnte ich ihn auswendig.

Russland den, 31.05.1943

Mein liebes Sternelein!

Heute, an Deinem Geburtstag schreibe ich ein Brieflein an Dich.

Mein liebes Kindchen, ich wünsche Dir für Dein ganzes Leben viel Glück. Mögest Du, uns zum Glück, auch glücklich werden. In schweren Zeiten, mitten im Krieg bist Du geboren, somit fängt Dein Leben vielleicht gleich schwerer an als in normalen Zeiten. Noch bist Du ja klein, und hast eine liebe Mutter, so merkst Du wohl wenig vom Krieg. Doch eines musst Du vermissen, „Deinen Vater." Ja mein Kind, heute bist Du 3 Jahre und auch nur dreimal hast Du mich bei Dir gehabt. Wollen hoffen, dass auch der Krieg bald ein Ende hat und ich auch heimkomme. Mein Sternchen, Muttchen schrieb mir, Du gehst gerne in die Spielschule, es freut mich auch. Sage Mutti, sie soll mir schreiben wie Du Deinen Geburtstag verlebt hast.

Ich hoffe noch in diesem Herbst Urlaub zu bekommen, wenn keine Sperre kommt. Nur geduldig warten, einmal komme ich doch in Urlaub. Sag Mutti auch sie soll etwas mehr schreiben. Diese ganze Woche war ich ohne Post.

Nun mein kleines Sternelein nochmals alles Gute und recht viel Glück.

Es grüßt und küsst Dich

Herzlich

Dein Vati

Viele Grüße an Muttchen, Nettchen u. Siegilein.

Ich wünschte mir, Papa schriebe auch an mich.

Im Oktober erfüllte sich mein Wunsch. Im gelben Umschlag steckte eine Doppelkarte. Das Deckblatt: eine feine Stickerei auf hauchzartem Gewebe. Tränende Herzen in Rot, in der Mitte eine violette Lilienblüte, leuchteten mir entgegen, umgeben vom matten Grün. Die Worte „Bonne Fete" glänzten hellgrün.

Eine so zarte Stickerei sah ich zum ersten Mal. Vater wünschte mir, seinem Pünktchen, viel Freude zum siebenten Geburtstag und Glück auf dem weiteren Lebensweg. Ein kurzes Brieflein mit Grüßen an die Familie lag auch noch im Umschlag. Später habe ich es noch oft gelesen:

„Mein liebes Pünktchen,

ich hoffe, dass Du bald schreiben kannst, dann schickst Du mir einen Brief ..."

Unter Vaters Gruß standen noch zwei Sätze an Mutter: „Mir geht es gut, will hoffen es bleibt so. Ach wenn das Elend bald ein Ende hätte." Mutter weinte, doch ich freute mich über Vaters Gratulation so sehr, dass ich den Brief nicht aus den Händen geben wollte. Um den Widerspruch in Vaters Nachsätzen zu erkennen, war ich noch zu jung.

Der Postbote kam nicht mehr so häufig zu uns, und oft händigte er mir und Siegward, waren wir ihm entgegengelaufen, die Briefe nicht aus. Er übergab sie Mutter persönlich.

Vaters Feldpostbriefe wurden immer seltener. Und las Mutter Vaters Worte: „Mein Lieb, schreibe mir öfter, ich bekomme so selten Post ..." wurde sie traurig, denn sie schrieb oft und wir Kinder malten ein Blümchen unter ihre Zeilen. Doch unsere Briefe erreichten wohl nur selten ihren Adressaten.

Richtig gute Nachrichten, über die man sich freuen konnte, kamen nur noch selten. Tante Ida Mesas Briefe gefielen mir am besten. Einmal berichtete sie, dass der junge Ganter die Stelle ihres Hofhundes übernehmen könne, jeden Fremden jage er mit seinem Gezische in die Flucht, und wenn sie und das Herbertchen (mein jüngerer Cousin) nicht aufpassten, dann schnappte er sogar nach ihren Duppsen. Ich stellte mir vor, wie die beiden vor dem Ganter ausrissen und musste laut lachen.

Jetzt schrieb niemand mehr so fröhlich, und immer öfter erreichte uns ein Trauerbrief. Sah Mutter diesen, zitterten ihre Hände. Für uns begann dann eine stille Zeit.

Ich vermisste die lustigen Liedchen, die Mutter mit uns sonst sang und die gemeinsamen Spiele: Ein Vogel wollte Hochzeit machen – Kuckuck, Kuckuck – Schornsteinfeger ging spazieren ... Mutter trauerte um ihren Bruder Erich, um Cousins, Freunde und ihre Schwägerin Marie.

Tante Marie war als Rote-Kreuz-Schwester bei einem Einsatz an der Front ums Leben gekommen. Etwas später dachte ich, das Sterben an der Front war es, was Vater mit dem Elend wohl gemeint hatte.

Meine Freude über Briefe war geschwunden. Ich wünschte mir, Tanten, Onkel, Cousinen und Cousins sollten uns lieber wieder besuchen. Am sehnlichsten aber erwartete ich meinen Vater.

Ausfahrt mit der Gnädigsten

M eine Patentante Hedwig Zielonka und mein Onkel Franz kamen öfter mit dem Kutschwagen zu uns zu Besuch. Sie freuten sich, mich zu einem Pummelchen heranwachsen zu sehen. Sie luden mich, meine Cousinen und meinen Bruder dicht an dicht auf die Sitzbänke und fuhren mit uns durch die Johannisburger Heide.

Ihre Stute Lena schüttelte zuerst unwillig die Mähne, so als wollte sie sagen: „Was soll das? Da sind so viele Beine, warum laufen die nicht?" Mein Onkel beschwichtigte sie: „Na na, Gnädigste, es wird noch, die Bälgerchen müssen noch laufen."

Onkel nannte sein Pferd nie Lena. Er zoppte ein wenig an der Leine, Gnädigste setzte sich in leichten Schritt und zog unser Gefährt durch die Heide. Es ging aus dem Dorf heraus, vorbei an der Bäckerei. Manchmal hielten wir dort, um frischen Honigkuchen mitzunehmen. Jedoch stand meistens ein großer Klappkorb mit Selbstgebackenem und Kaffeeflaschen unter dem Kutschbock.

Tante, Großmutter und Mutter hatten an unser Wohl gedacht, Onkel Franz an das Wohl der Gnädigsten. Ein Ledereimer mit Hafer stand neben dem Vesperkorb. Brauchte Gnädigste etwas zu trinken, hielt Onkel einfach an einem Gehöft an und bat um Wasser.

Ich bewunderte das schöne, rotbraun glänzende Pferd. Einmal, während einer Ausfahrt, pflückte ich eine Handvoll Gras. Ich wollte es der Stute reichen, doch je näher ich ihr kam, umso größer schien sie mir, sie wuchs und wuchs. Ich bekam Angst und lief zur Tante. „Aber Nettchen, unsere Lena ist fromm, sie tut dir nichts", sagte sie und hielt ihr mein Gras hin. Die Stute nahm es vorsichtig von ihrer Hand. Ich konnte mich nicht entschließen, nochmals Gras zu pflücken. „Wenn sie bei mir zufasst?" Ich verspürte schon den Schmerz, versteckte meine Hände hinter dem Rücken. Auf der Rückfahrt schämte ich mich meiner Ängstlichkeit.

Wieder zu Hause malte ich mit Buntstiften ein Pferd. Bis auf die Farbe rotbraun fehlte meinem Pferd jede Ähnlichkeit mit der Gnädigsten, meinte mein Bruder. Meine Mutter war anderer Meinung, sie heftete das Bild über die Sitzbank in der Küche. Und mancher Besucher freute sich an dem schönen Pferd.

Die Überraschung

Im Sommer 1944 besuchten wir meine Patentante. Dort wartete auf uns eine Überraschung. Auf der Wiese lief neben der Gnädigsten ein hübsches Fohlen. Es glich seiner Mutter fast aufs Haar. Sein Fell glänzte rotbraun, in seine Mähne und Schwanzhaare schienen Goldfäden eingewebt.

Übermütig lief der kleine Hengst über die Koppel. Gnädigste graste, tat als bemerkte sie uns nicht. Hier war sie zu Hause, was gingen sie die neugierigen Besucher an. Doch als meine Tante sie lockte, kam sie auf uns zu.

Erhobenen Hauptes stand sie vor uns, ein ganz normales Pferd stellte ich fest. Das Fohlen kam heran, seine Mutter stupste es sanft. Jetzt war ich mutig, ich zupfte etwas Gras, hielt es auf der flachen Hand den Pferden hin.

Das Fohlen verschmähte meine Gabe. Tante sagte: „Es säugt noch." Die Stute kam näher, nahm das Gras von meiner Hand. „So ist es gut", sprach meine Tante wie zu sich selbst und tätschelte der Stute den Hals.

Onkel Franz hatte nicht sehen können, wie mutig ich war. Wie mein Vater musste auch er in den Krieg.

Mindestens drei Tage lang bat ich meine Mutter, uns ein Fohlen zu kaufen. Sie lächelte jedes Mal, strubbelte mir die Haare und sagte: „Wohin mit ihm, woher den Hafer nehmen."

Sie hatte Recht. So lief ich zu meinem weißen Kaninchen, streichelte es, fühlte sein weiches Fell. Doch meine heimliche Sehnsucht blieb lange. Ich träumte noch oft von einem rotbraunen Hengst und in den Träumen gehörte er mir.

Als ich meine Patentante nach über dreißig Jahren wiedersah, und wir von den masurischen Seen schwärmten, uns an das Geklapper der Störche erinnerten, die bei uns nisteten, erkundigte ich mich behutsam nach der Gnädigsten und ihrem Fohlen Prinz.

„Weggenommen haben sie mir die beiden. Franz war an der Front, weißt du Nettchen, er hätte das nicht zugelassen, aber mich haben sie einfach weggestoßen. Dawei, dawei, so trieben sie mich an." Eine Weile später sagte sie noch: „Sie nahmen uns alles."

In Tantes Fotoalbum fand ich Bilder von ihrem Heidiker Anwesen und eins mit eingespannter Fuchsstute vor einem Leiterwagen. Onkel Franz hatte Recht, sie war eine Gnädige, sogar vor dem Leiterwagen ging sie stolz.

Das Versprechen

Jedes Mal, wenn es hieß, wir fahren nach Turowen, war ich aufgeregt. Ich nahm mein kleines, braunes Lederköfferchen und packte Spielzeug ein, eine Schlenkerpuppe, Murmeln und eine Schiefertafel. Doch sobald wir in Turowen ankamen, vergaß ich Koffer samt Schiefertafel und Puppe.

Zuerst lief ich in den Kuhstall, die Kälbchen anschauen, dann guckte ich in den Schweinestall, um die Ferkel zu sehen. Um die Gänseschar aber machte ich einen großen Bogen. Der Ganter mit seinem Gezische machte mir Angst.

Mein großer Cousin Helmut spannte inzwischen die Pferde aus und tränkte sie. Ich lauerte darauf, dass er sie auf die Koppel führte. Doch zuerst schickte er mich ins Haus zum „Guten Tag" sagen. „Omchen wartet auf dich.", sagte er und schob mich durch die Tür ins Haus. Sie saß, wie fast immer, in der Nähe des Herdes und schälte Kartoffeln.

So wie Omchen stellte ich mir Frau Holle vor, vielleicht ist sie auch schöner als Frau Holle, dachte ich dann wieder. Ich mochte meine Papa-Großmutter, nur dass ich von ihr kuhwarme Milch zu trinken bekam, gefiel mir nicht. Sie redete nicht viel, Geschichten erzählte sie überhaupt nicht. Brauchte sie auch nicht, dafür hatte ich ja meine andere Oma zu Hause.

Omchen rief nach meinem Cousin Gerhard. Sie schickte uns Kinder auf den Hof. Mein Bruder verschwand in der Scheune und mit ihm unser Cousin Heinrich. Dort tobten die beiden im Stroh und Heu so, dass sie nachher selber wie ein Strohhaufen aussahen und Omchen sie mit einer einem Besen ähnelnden Bürste bearbeitete.

Mein Cousin Gerhard und ich liefen zur Koppel. Zuerst saßen wir still auf dem Koppeltor. Wir sahen den Pferden zu, bis es unbequem wurde, so zu sitzen. Es drückte, also nichts wie runter und um die Koppel gelaufen.

Wir machten mit unserem Gerenne die Pferde unruhig. Sie fraßen nicht mehr, liefen von einem Ende der Koppel zum anderen. Gerhard bemerkte es und bat mich, nicht mehr zu laufen.

Wir pflückten nun Butterblumen. Einen großen Strauß legten wir vor uns ins Gras, setzten uns. Ich begann, einen Kranz zu flechten. Gerhard hielt nicht still, als ich ihm den fertigen gelben Kranz wie eine Krone aufsetzen wollte. Dabei hätte er wie ein König damit ausgesehen.

In meinen Mädchenträumen hatten alle Könige dunkles krauses Haar wie Gerhard. Er nahm den Blütenkranz und stülpte ihn mir auf das Haar, rückte ihn zurecht, sagte aber nichts dazu. Plötzlich fasste er meine Hand, zog mich zum Koppeltor, an dem die Pferde nun ruhig standen.

Er kletterte auf das Tor, tätschelte den braunen Wallach, bis der ganz ruhig war, und setzte sich auf ihn. Im Schritt trug dieser Gerhard über die Koppel. Es sah aus, als wären Gerhards Beine zu kurz geraten, sie sterzten neben dem Leib des Pferdes ab. Ganz aufrecht saß er auf dem Pferderücken. Ich bewunderte ihn.

Sein Abstieg vom Pferde kam einer Artistennummer gleich. Er legte sich vor, so als wollte er den Hals des Pferdes umfassen und plötzlich rutschte er seitlich ab. Ich erschrak. Doch der Wallach stand still, nichts geschah.

„Nette, nun du", sagte Gerhard und half mir auf das Pferd. Auf einem Pony hatte ich schon gesessen, ohne herunterzufallen, doch das war geführt worden. Ich bekam Angst, wollte runter vom Pferd. Plötzlich lag ich unten, der Wallach trabte davon.

Mein Onkel kam, durch mein Geschrei aufmerksam geworden, zu uns gelaufen. Er sah nach, ob alles an mir in Ordnung war, er wischte mir die Tränen ab. Mein gelber Blumenkranz lag im Gras. Gerhard stupste mit dem Fuß dagegen.

Sein Vater nahm uns beide an die Hände und verbot uns, „ein für alle Mal" das Reiten. Onkels Augenbrauen zogen sich eng zusammen, in diesem Moment wusste ich, dass Gerhard nur ganz knapp einer Tracht Prügel entgangen war.

Schon am nächsten Tag saß er wieder auf dem Pferd. Mein Onkel tat, als hätte er kein Reitverbot ausgesprochen. Ich mochte ihn wieder.

Ich habe mich nie wieder auf ein Pferd gesetzt. Gern aber sah ich Gerhard beim Reiten zu, ich bewunderte immer wieder sein Absteigen. Wir fütterten zusammen die Hühner, schnitten für die Gänseküken die Brennnesseln und hackten hart gekochte Eier. Wir holten uns von Omchen Plinsen mit Zucker. Spielten Verstecken. Bei allem sprachen wir kaum. „Er kommt nach seinem Vater, der macht nie viele Worte", hatte meine Tante mal gesagt, „aber er ist ein guter Junge." Dass er ein guter Junge war, fand ich auch.

Bei unserem letzten Besuch in Turowen wurde Gerhard gesprächig. Als er seine Reitkünste bewiesen hatte, und diesmal in der Mitte der Koppel vom Pferd rutschte, rannte er auf mich zu, blieb vor mir stehen. Zuerst guckte er auf seine nackten Füße, dann zu mir und er fragte mich: „Heiratest du mich?" „Ja", habe ich geantwortet. Nun waren wir einander versprochen. Es blieb ein Kindertraum.

Gespenster über dem Moor

A ls noch keine Schützengräben und Panzersperren die Johannisburger Heide durchzogen, waren wir zum Beerensammeln, Pilze suchen oder einfach nur zu einem Ausflug in ihr unterwegs. Einmal hielt unser Fuhrwerk in der Nähe eines Moorsees. Mutter und Tante Lotte ermahnten uns Kinder, ja nicht vom Weg abzuweichen, denn ganz plötzlich könne der Boden nachgeben, und im Augenblick verschlinge das Moor jedes Lebewesen.

Ich erinnerte mich an die Geschichte, die einmal Onkel Eugen an einem Winterabend erzählte. Ein Bauer sei mit einem Wagen voller Gemüse und Eier nach Johannisburg zum Markt gefahren, um seine Ware zu verkaufen. Am Nachmittag schon hätte er auch das letzte Ei verkauft. Er konnte sich also freuen über die Einnahmen, deshalb habe er auch noch rasch ein Tuch für seine Frau gekauft und sei dann in eine Gastwirtschaft gegangen, um sich so richtig zu freuen.

Das tat er mit Honigschnaps und anderen Schlubberchen, bis es dunkelte und der Wirt meinte: „Mannche, fahre Sie mal nach Hause." Zwei bärtige Wanderburschen wären auch aufgebrochen. Mannche hätte sich aufs Fuhrwerk gesetzt und das letzte Wort, das der Wirt von ihm gehört hatte, sei Hüh gewesen.

Doch der Bauer sei nie zu Hause angekommen. Seit diesem Tag schweben drei Gespenster über dem Moor. Eins hielte den Geldbeutel des Bauern in der Hand, das andere rief, gib her, und raufte sich mit dem Dritten, das ein buntes Tuch in der Hand hielt. Onkel Eugen meinte, das sei wahrhaftig wahr.

Nur gut, dass es Tag war. Der Moorsee lag völlig ruhig vor uns, umgeben von schon leicht braun gefärbtem Schilf. Im kleinen silbern glänzenden See spiegelten sich das Schilf und die Bäume.

Die Sonne schickte ihre Strahlen leicht flimmernd durch die ufer-
nahen Birken. Von Gespenstern konnte ich weit und breit nichts
sehen. Onkel Eugen hatte gesagt, die kommen nur in Vollmond-
nächten. Ich freute mich, es war Tag.

Kornmuhme

Ich liebte Blumen und fand sie besonders schön, wenn Mutter sie in der bauchigen weißen Vase anordnete. Am besten gefielen mir darin die blauen Kornblumen, deshalb pflückte ich sie manchmal am Kornfeldrand.

Ich wagte mich nicht einen Schritt ins Feld. Meine Mutter, die Tanten und die Großmutter hatten uns Kindern Geschichten von der Kornmuhme erzählt, in der jede, auf ihre Weise, die Muhme als böses Wesen beschrieb, das uns Kindern nach dem Leben trachtete.

Von all diesen Geschichten glaubte ich nur die, die unsere Oma erzählte. Ihre Kornmuhme war eine schöne Frau, mit langen blonden Haaren, die in Wirklichkeit eine Hexe sei und die dazu verdammt war, einsam im Kornfeld zu leben. Sie schmückte sich mit Kornblumen und rotem Mohn, doch das erfreute sie nicht besonders, denn sie hatte keinen Spiegel, in dem sie sich bewundern konnte.

Sie wünschte sich Gesellschaft, damit ihr gesagt wird, wie schön sie ist, und damit sie jemanden zum Erzählen in ihrer Nähe habe. Deshalb achtete sie ganz besonders auf die Kinder, die ihre Kornblumen pflückten. Sie lockte sie mit einem Lied, das wie das Säuseln des Windes klang, bis das Kind ihrem Ruf folgte und sich mitten im Kornfeld verirrte. Dort nimmt sie es in den Arm, deckt es mit einem gelben Tuch zu, und jedes Kind vergisst, wo es hergekommen ist. Es muss für immer bei der Kornmuhme bleiben. Es bekommt kein Essen und kein Trinken, und irgendwann bleibt von ihm nur noch ein Seufzer übrig, der aus dem Kornfeld zum Himmel steigt.

Ich wollte kein Seufzer werden und pflückte meine Blumen nur vom Rand. Schenkte ich Mutter die Blumen, sagte sie: „Aber Nettchen, gehe nie ins Kornfeld, da lebt die Muhme", ich nickte nur.

Gewitter

Denke ich zurück, so scheint mir, erlebte ich nirgendwo so oft Gewitter wie in Masuren. Es mag daran liegen, dass es dann ganz besonders komisch bei uns zuging, jedenfalls, wenn wir uns bei Gewitter in der eigenen Wohnung aufhielten.

Mutter holte uns, überraschte uns ein Gewitter während der Nacht, aus den Betten. Wir mussten uns ganz schnell anziehen und in der Küche auf die Bank setzen, um dem Ausgang ganz nah zu sein. Mutter hielt unsere Trautchen auf dem Schoß und wiegte sie. Neben dem Stuhl stand Mutters Handtasche mit unseren Papieren. Oma saß im Lehnstuhl und nickte vor sich hin. Auf dem Küchentisch brannte eine Kerze. Die Petroleumlampe zündete Mutter bei Gewitter nie an.

Am Tag mochte ich das Gewitter, da machte es mir nichts aus, wenn es krachte und blitzte. Ich freute mich schon auf die Regenpfützen, in die ich, trotz Verbot, platschte. Doch in der Nacht fürchtete ich mich. Ich hatte Angst, der Böse käme über uns und zündete das Haus an, denn bei manchen Gewittern gab es in der Umgebung Scheunen-, Stall- oder Häuserbrände. Die Alten sagten manchmal: „Das war der Deibel, der hat wohl bisschen nachgeholfen."

Waren die Besitzer versichert, bei denen der Blitz eingeschlagen hatte, wurde rasch wieder aufgebaut, oft schöner als vorher. Erwischte es aber einen armen Schlucker, so musste er lange darben oder die Wirtschaft aufgeben. So etwas konnte nur der Böse wollen. Dagegen half nur beten. Wir taten es ausgiebig.

Hörten wir das Donnergrollen nur noch von fern, wartete Mutter noch eine Weile, dann zündete sie mit der Kerze den Docht unserer Lampe.

Sie blies die Kerze aus, das war das Zeichen zum Ausziehen und wieder ins Bett huschen. Wir hatten schon Übung darin, und bald schon lagen wir alle wieder in unseren Betten und schliefen.

Am Morgen roch es draußen, als hätte die Erde frisch gebadet und tatsächlich, manchmal wartete auf dem Hof eine große Regenpfütze auf mich.

Das Schlenkerpüppchen

Mein Cousin Rudi Mesa, der bei meinem Onkel in Johannisburg Schneider lernte, kam gerne zu uns zu Besuch. Es war ja nur ein Katzensprung bis zu uns, meinte er, und in Johannisburg sei nichts los. Wie konnte bei uns mehr los sein als in einer Stadt?

In Johannisburg gingen Tante Else und Rudi mit mir zum Karussell, wir fuhren manchmal auch mit dem Schiff über die Seen. Mir wurde bei solchen Ausflügen meistens übel und ich war froh, wenn ich wieder festen Boden unter den Füßen hatte. Vielleicht geht es Rudi ebenso, dachte ich.

Einmal brachte mir Rudi ein aus Stoffresten genähtes Schlenkerpüppchen mit. Ich liebte meinen großen Cousin, auch mein Bruder mochte ihn sehr. Er lernte von ihm Flöten aus Holz zu schnitzen. Manchmal probierten sie stundenlang, bis diese Flöten den richtigen Ton brachten. Niemanden in der Familie störte das, nur mich, die Unmusikalischste. Ich war froh, wenn sie ihrem Kunstwerk richtige Melodien entlocken konnten. Ich selber aber brachte nicht einen klaren Ton hervor. Da war mir das Stoffpüppchen lieber, das konnte ich sogar ins Bett mitnehmen.

Meine Großmutter freute sich auch, sobald sie Rudi erblickte. Sie hielt dann lange seine Hand, wenn er neben ihr auf der Bank vor dem Haus saß. „Jungchen, erzähl", forderte sie ihn manchmal auf, und er erzählte, was es in Johannisburg Neues gab und was er gehört habe, und einmal sagte er, die ganze Welt wird anders, dafür sorgt der Führer, und er wolle auch Soldat werden.

Großmutter bat Rudi, in Johannisburg zu bleiben. Doch Rudi unterbrach seine Lehre als Schneider und wurde freiwilliger Soldat. Nun waren Meister und Lehrling im Krieg. Im Sommer 1944 besuchte mein Cousin uns – Kurzurlaub.

Bald danach erhielten wir einen Brief von ihm, den er in Amwalde, wo seine Eltern lebten, geschrieben hatte. Dieser Brief ist jetzt in meinem Besitz, er liegt vor mir. Das Papier ist vergilbt, doch die etwas steilen, gleichmäßigen Schriftzüge sind nicht verblasst. Mitten im Brief stehen folgende Zeilen:

Ich bin zu Hause angekommen, nun ist mein Urlaub um, ich wünschte, ich könnte ihn verlängern, aber es geht nicht, die Pflicht ruft.

Gegen Ende des Briefes lese ich:

„Liebe Tante, sag mal der Nettchen und dem Siegward, die sollen fleißig lernen. Wenn ich das nächste Mal komme, wird mir Nettchen schon etwas vorlesen."

Ich bin nicht mehr dazu gekommen Rudi etwas vorzulesen.

Sein Brief trägt das Datum 1.Juli 1944. Noch im gleichen Jahr erlosch sein Leben irgendwo in Russland. Rudis Schlenkerpüppchen nahm ich mit auf die Flucht, es begleitete mich noch lange.

Der Vorratskeller

Es war Sommer, auf unserem Erdwall wucherten Blumen. Doch in seinem Inneren nistete ganzjährig die Kälte. Jedes Mal, wenn mich meine Mutter in den Gewölbekeller schickte, ein Glas Eingewecktes zu holen, kroch es mir kalt über den Rücken.

Die Bauern setzten gerade ihre Heuschober. Ich saß auf dem Wall und flocht mir einen Kranz aus Gräsern und Blumen. Meine Schwester buddelte im Sand. Mutter und mein Bruder richtete die Zimmer für die Einquartierung her.

Durch lautes Rufen und Schimpfen wurde ich von meinem Platz gelockt. Ein Polizist war auf unseren Hof gekommen. Er befahl den Keller zu räumen. Nachdem er die leere Höhle gründlich abgeleuchtet und dabei auch die kleine Luke im Gewölbe argwöhnisch geprüft hatte, warf er ein Strohbund auf den Fußboden.

Zwei Männer wurden gebracht, die Hände auf dem Rücken gefesselt. Das Gesicht des kleineren war blutverschmiert. Ein Polizist schickte uns Kinder ins Haus. Ein Furchtschauer kroch mir über den Rücken. Ich sah noch, dass die beiden nur mit dünnen gestreiften Hemden bekleidet waren. Bevor unsere Mutter die Haustür schloss, drehte sie sich noch einmal um. Wie zu sich selbst sagte sie: „Polen sind's."

Ich ging ins Zimmer. Durch die Gardine sah ich ein Weilchen auf den Brunnen, den Keller, auf die Polizisten. Sie verschlossen den Keller, und ein Posten blieb zurück. Ich wollte mit meinem Bruder spielen, aber der war nicht da. Mutter hatte ihn ins Dorf geschickt.

Am Abend schloss sie die Fensterläden. Noch lange hörte ich draußen Schritte. In der Nacht wachte ich auf. Ich bekam Angst und lief zur Mutter. Sie beruhigte mich. Ich ging aber nicht mehr in mein Bett, sondern kuschelte mich neben meinen Bruder. Er rückte zur Seite. Draußen war es nun ganz still.

Am Morgen erklärte Mutter uns, wer auch komme, wir müssten immer neben ihr bleiben. An unsere Tür wurde heftig geklopft. Als Mutter öffnete, standen ein Mann in brauner Uniform und ein anderer im grauen Anzug vor der Tür. Die Fremden wollten auch ins Wohnzimmer und ins Schlafzimmer.

Unter einem Führerbild stand auf dem kleinen Nähtisch ein Foto – mein Vater in Uniform. Der Fremde musterte es, lächelte dann und bückte sich, meine Schwester hochzuheben. Sie fing laut zu weinen an. Meine Mutter nahm ihm die Kleine ab und sagte hastig: „Sie hat Hunger." Der Mann in der braunen Uniform, der sich ständig umgesehen hatte, sagte plötzlich laut: „Zur Protokollaufnahme kommen wir wieder!" Dann verließen die beiden das Haus.

Als wir später auf den Hof gingen, sah ich: In dem Wall gähnte ein Loch. Aufgeworfene Erde umrahmte es, die Blumen waren zertreten.

Am Nachmittag wurde unser Vorratskeller wieder freigegeben. Meine Mutter und Siegward räumten das Stroh heraus. Dann warf Mutter eine Hand voll Blumensamen auf die dunkle Stelle des Erdwalls. Mutter schien irgendwie froh. Als sie uns am Abend zu Bett brachte, hörte ich Siegward leise fragen: „Werden es die Polen schaffen?" Mutter legte den Finger an den Mund.

Schwarze Bänder

Schon seit Tagen hatte ich keinen Hunger, nur mit Widerwillen kaute ich an meiner Schmalzstulle. Dass mir nichts schmeckte, hatte mit Großmutter zu tun. Großmutter konnte die schönsten Märchen erzählen, die besten Plinsen backen, und sie schimpfte nie, wenn ich mir beim Spielen das Kleid zerriss oder die Strümpfe beschmutzte. Manchmal, wenn ich ungezogen war und meine Mutter mit mir schalt, zog Oma ein wenig ihren Schürzenzipfel hoch. Da wusste ich sofort Bescheid und flüchtete mich zu ihr. War ich krank, saß sie an meinem Bett. Eine Weile betete sie, oder sie summte ein Lied.

Manchmal ging Großmutter mit mir zum Friedhof. Hin und wieder blieb sie vor einem Grab stehen. Ich freute mich über die vielen Blumen und Kränze. Es war schön auf dem Friedhof, so schön wie in einem Garten. Nur, dass es so still war und ich nicht toben und rennen durfte, gefiel mir nicht. Großmutter sagte einmal: „Hörst du hier die Vögel singen, bald singen sie auch für mich."

Und jetzt schien sich die Prophezeiung tatsächlich bald zu bewahrheiten. Daran dachte ich fortwährend, als ich an meiner Schmalzstulle kaute. Ich hatte gehört, wie der Doktor sagte: „Sie ist so schwach, der viele Kummer, das Herz, ja, ja das Herz. Lange hält sie es nicht mehr aus." Ich konnte nicht begreifen, warum Großmutter zu schwach sein sollte. Immer war sie tätig, im Garten, bei der Wäsche, und sie half sogar, wenn ein Kind geboren wurde.

Mutter hatte längst das Frühstücksgeschirr abgeräumt. Sie schob mich von der Bank. „Wirst auch noch krank werden, wenn du nicht isst." Ich zuckte zusammen. Krank wie Großmutter, dann lege ich mich zu ihr, und wir werden beide gesund. Ich wollte in ihr Zimmer laufen. „Leise!" ermahnte mich Mutter, „Oma schläft!"

Nur selten durfte ich in den letzten Tagen an ihr Bett. Sie lag ziemlich reglos, sprach kaum, sah nur zur Tür. „Kommt Adolf oder Ewald oder ist Nachricht von Eugen?" hörte ich sie oft fragen. Mutter schüttelte auf diese Fragen immer nur den Kopf.

Mit einem Brief hatte es angefangen, dass Großmutters Herz schwächer wurde. Als sie ihn las, ging ein Zittern durch ihren Körper. Mit entsetzlich fremder Stimme schluchzte sie: „Eugen ist vermisst!" Ich wusste nicht, was vermisst bedeutet, aber ich sah ihr an, es war schlimm.

Nun war es bei uns zu Hause still geworden. Nur selten kam noch Besuch. Ich hatte viele Verwandte. Ich glaube, im ganzen Dorf bekam sonst niemand so oft Besuch wie wir.

Großmutter hatte immer an Feiertagen statt einer Kette ein goldenes Kreuz an einer Kordel getragen. Einmal war eine ebenso alte Frau wie Großmutter gekommen. Sie besah sich das Kreuz und sagte: „Hast es dir verdient, das Mutterkreuz, Auguste! Hast zwölf Kinder geboren, und aufgezogen hast du sie auch". Hoffentlich nehmen sie dir die Söhne nicht." „Ja, der verfluchte Krieg", hatte daraufhin Großmutter erwidert. Noch nie hörte ich sie fluchen. Ich verstand den Sinn des Gespräches nicht. Doch als ich begriff, die schwarzen Bänder an Onkel Erichs und Rudis Bild bedeuteten, dass sie nie wiederkommen, erinnerte ich mich an Großmutters Fluch.

Jetzt ging Großmutter schon lange nicht mehr zur Kirche. Sie trug auch nicht mehr das goldene Kreuz. Sie legte es zwischen weiche Watte in eine mit viel Schnitzerei versehene Schatulle. Mein Großvater hatte diese Schatulle gearbeitet. Sie war das einzige Stück, das Großmutter von ihm geblieben ist. Er war Möbeltischler gewesen. Großmutter erzählte, einmal baute er ein Bett, in dem gleich fünf seiner Kinder schlafen konnten.

Ich kannte meinen Großvater nur vom Bild – ein junger Mann mit Gehstütze. Als meine Großmutter einst das Bild hervorholte, fragte ich: „Warum brauchte Opa eine Krücke?" „Das Bein war zerschossen; damals im Krieg", antwortete sie und legte das Bild zurück.

In dieser Zeit war Großmutter anders geworden, stiller, und häufiger wollte sie allein sein. Oft ermahnte sie mich: „Spiel nur auf dem Hof!" Manchmal saß sie auf der Bank unter den Fliederbüschen. Sie erzählte uns Geschichten oder sah uns stumm beim Spielen zu. Dabei strickte sie warme Socken.

Einmal erzählte sie von einem kleinen Jungen, der gerne Geigenspieler werden wollte. Ein Lehrer schenkte ihm eine alte Geige. Der Junge lernte sehr schnell das Geigenspiel. Er träumte davon, ein Musiker zu werden. Aber da die Eltern viele Kinder hatten und das Geld kaum zum Sattessen reichte, sollte der Junge Schneider werden.

Er wurde ein guter Schneider. Später kaufte er sich eine neue Geige. Ein Musiker wurde er trotzdem nicht, er nähte weiter Anzüge. Besuchte er seine alte Mutter, so spielte er für sie auf dem Instrument. Bis eines Tages die Diener der Reichen kamen und ihn holten. Er musste für sie arbeiten. Zum Abschied schenkte er seiner Mutter die Geige.

Ich wusste, sie erzählte eine wahre Geschichte, denn ich hatte gesehen, wie Onkel Eugen ihr seine Geige gab. Er trug dabei eine steingraue Uniform. Das war damals, bei seinem letzten Besuch. Großmutter hielt lange seine Hand. „Behüt' dich Gott!" sagte sie.

„Warum ist Onkel Eugen nicht zu Hause geblieben", fragte ich. „Sie haben ihn geholt", meinte Großmutter. „Sie holen jetzt alle Männer." Ich war mit der Antwort nicht zufrieden. „Wer hatte ihn geholt? Er war doch ganz allein, als er fort ging..." Da kam meine Mutter: „Das verstehst du noch nicht, lass Oma in Ruhe, frag nicht so viel!" Von Großmutter bekam ich sonst auf jede Frage eine Antwort.

Und nun lag Großmutter wieder seit Tagen in ihrem Bett, elender als jemals zuvor. Fast reglos lag sie da. Kam meine Mutter zu ihr, öffnete sie die Augen und fragte: „Hat einer geschrieben?" Mutter schüttelte wieder den Kopf.

Manchmal kletterte ich in den Fliederbusch, der genau vor Großmutters Fenster stand. Zwischen einer Astgabel saß ich. Ich konnte auf ihr Bett sehen. Ihr Gesicht war abgewandt. Sie spürte aber, dass ich im Busch saß. Winkte sie mit der Hand, ging ich zu ihr ins Zimmer, blieb eine Weile bei ihr sitzen, und wenn sie dann lächelte und sagte: „Geh, hilf Mutter!" oder „Geh spielen!" dann ging ich leise wieder hinaus.

Der Arzt kam öfter, gab ihr Spritzen für das Herz. Großmutter fragte immer noch: „Hat Adolf, Eugen oder Ewald geschrieben?" Und sie sah zur Tür, als ob sie jemanden erwartete. Erschien Besuch aus dem Dorf, blickte sie den Gast an und seufzte nur: „Ach, du bist es ..." So ging es tagelang.

Die Sonne stand hoch an diesem Tag. Mutter zog die Vorhänge vor die Fenster. Als ein Soldat zu uns kam und Mutter mit ihm in die Krankenstube ging, schlich ich mich hinter her. Der Soldat setzte sich dicht an Großmutters Bett. Blass war sie geworden. Um die Augen lagen dunkle Schatten. Die Hände waren durchsichtig, ich konnte jede Ader erkennen.

„Mama, er will dir Grüße von Eugen bringen", sagte meine Mutter leise. Großmutter wandte ihr Gesicht dem Soldaten zu. Erwartungsvoll sah sie ihn an. Er begann: „Eugen lag mit mir im Lazarett. Er ist an der Hand verwundet." Dann verstummte er. „Sprich weiter!" bat sie. Gespannt hörte sie auf jedes Wort. „Ihr Sohn wird bald kommen", sagte der Soldat zum Abschied.

Großmutters Augen glänzten. Sie richtete sich auf und bat: "Schiebt die Vorhänge weg!" Sie winkte mich zu sich. Schwach drückte sie mir die Hand: „Geh wieder in den Garten, die Sonne scheint!" Wie froh sie dabei aussah.

Ich lief zu meiner Freundin ins Dorf. „Oma wird wieder gesund!" - das hätte ich am liebsten allen Leuten zugerufen. Aber als ich nach Hause kam, waren alle Fensterläden vorgelegt.

Auf Großmutters Nachttisch brannten Kerzen. Die Hände hielt sie gefaltet, und auf den Augen lagen Wattebäusche. Mutter saß still daneben.

Einige Zeit später erfuhr ich, der Soldat war meinem Onkel Eugen nie begegnet, doch seine Worte haben meiner Großmutter den Weg ins Jenseits erleichtert.

Abschied von Großmutter

Unsere Wohnung füllte sich mit Gästen. Verwandte und Bekannte kamen, um Abschied von Großmutter zu nehmen. Mutter hatte um das Bett, in dem Großmutter lag, Stühle gestellt, dort saßen die Frauen, weinten und beteten.

An diesem Abend sprachen alle mit gedämpfter Stimme. Es war mir unheimlich. Unsere weiße Marmoruhr gab keinen Laut von sich, ihr Pendel war angehalten worden, als Großmutter den letzten Atem von sich gab. Unser kleiner Spiegel in der Küche über dem Waschschüsselständer und der große am Schlafzimmerschrank waren mit Tüchern verhangen.

Warum das so sein musste, wusste ich nicht. Es war so vieles unverständlich für mich. Es lohnte auch nicht danach zu fragen. Meist kam nur die Antwort, es ist eben so. So fügte ich mich und sah nicht in den Spiegel. Am nächsten Tag wurde Großmutter eingesargt, blieb aber bis zur Beerdigung am 22. April noch im Zimmer. Es war kalt im Haus. Solange sie noch bei uns war, wurde nur in der Küche geheizt, in der Mutter kochte und buk.

Nach und nach trafen die Verwandten aus den Dörfern und den nahen Städten ein. Einige brachten ihre Kinder mit. Die Männer fehlten, sie waren im Krieg. So konnten sich auch nicht die der Großmutter noch verbliebenen Söhne und Schwiegersöhne von ihr verabschieden.

Ich musste immer daran denken, dass Großmutter nun nicht mehr sieht, wenn der Flieder blüht. Sie lag da mit gefalteten Händen um ein Gesangbuch. Ich konnte nicht glauben, dass sie nicht schlief, doch ihre Hand war kalt und starr. Erschrocken zog ich mich zurück. Als sich alle von ihr nochmals verabschiedet hatten, wurde der Sarg geschlossen.

Ein Fuhrwerk mit gummibereiften Rädern stand vor dem Haus. Einige Männer, in schwarzen Anzügen und schwarzen Zylindern auf dem Kopf, trugen den Sarg auf den Wagen.

Alle Gäste verteilten sich auf andere Fuhrwerke und so zog der Trauerzug zum Friedhof nach Poseggen. Am offenen Grab sprach der Pfarrer davon, dass diese treusorgende Frau und Mutter wohl vorbereitet zu ihrem Herrgott fand. So richtig konnte ich das nicht verstehen, sie hatte doch uns, warum wollte sie dann zum Herrgott. Mutter erklärte mir, dass Großmutter nun ein Engel sei und ich ihr jeden Abend alles erzählen könne, sie höre mir vom Himmel aus zu. Ich habe fest daran geglaubt.

Ehe wir den Friedhof verließen, gingen wir und die Verwandten auch zu Großvaters Grab. Dort buchstabierte ich, wie schon oft, die Inschrift auf dem Grabstein.

Hier ruht in Gott
mein lieber Mann, unser guter Vater –
Johann Friedriszik
geb. 27.04.1862
gest. 23.2.1923.

Als wir zurückkamen, stieg aus dem Schornstein Rauch. Die Tücher vor den Spiegeln waren entfernt und das Uhrpendel schlug wieder aus. Im großen Zimmer befand sich eine schon eingedeckte lange Tafel. Eine seltsame Duftmischung nach Wurst, Kuchen und Kerzenwachs erfüllte den Raum.

Mich zog es zu dem Teller mit Butterstreusel. Auf der Tafel brannten Kerzen, und die Petroleumlampen standen auch schon bereit, denn langsam verging der Tag. Großmutters Platz blieb leer und neben ihrem Gedeck lag ein Tannenzweig.

Wir Kinder taten uns zusammen, verkrochen uns in die Ecken, spielten mit Murmeln, zankten auch mal und kümmerten uns nicht mehr um die Erwachsenen.

Als es Zeit zum Schlafen war, stellte ich fest, es waren nur noch die Tanten mit ihren Kindern da, die auch zur Nacht bei uns blieben. Ich ging allen gute Nacht wünschen, knickste artig und bekam dafür von den Tanten einen Kuss. Tante Elschen aber brachte mich in mein Bett, in dem in dieser Nacht auch meine Schwester Edeltraut schlafen musste und Elschens Hand strich mir, wie sonst Großmutters, sanft über mein Haar.

Trauerfeier

Ich erinnere mich an eine andere Trauerfeier. Das war noch in Reinikendorf in der Nähe von Königstal. Zwei meiner Spielfreunde waren unter unglücklichen Umständen ums Leben gekommen. Einige meinten, daran hätten Jungen von der HJ Schuld, andere wieder, die Mutter wäre zu unachtsam gewesen und habe so den Tod ihrer Kinder verursacht.

Soviel habe ich aber verstanden: die Mutter hatte am Abend noch mal geheizt, damit es im Schlafzimmer nicht zu kalt wird, während sie fort war. Als sie wieder kam, fand sie ihre Jungen tot. Der Schornstein soll mit einer Platte abgedeckt gewesen sein und der Ofen nicht fugendicht.

Wir standen um die offenen Särge. Unsere Nachbarin weinte entsetzlich, ihre Schultern zuckten und sie versuchte, sich immer wieder über ihre Söhne zu werfen. Eine Frau nahm sie in den Arm und hielt sie fest. Mich ängstigten die starren Gesichter meiner Freunde, ich drängte mich an meine Mutter und wich nicht mehr von ihrer Seite.

Auf dem Friedhof lag noch Schneematsch. Ich hörte das Patschen unter unseren Tritten, alles andere ließ ich nicht an mich ran. Ich vernahm nicht einmal die Stimme des Pastors. Nun begleitete mich die Angst, meine Geschwister, Mutter oder ich müssten auch sterben, und manchmal guckte ich auf unseren Schornstein, ob auch keine Platte auf ihm läge. Sterben fand ich schrecklich.

Ein bisschen Schule

Mein zweites Schuljahr hatte begonnen, ich lernte die ersten kleinen Geschichten. Schön sauber sollten wir diese mit dem Griffel auf die Tafel schreiben. Der Griffel lag bei mir aber nicht gut in der Hand, er brach häufig entzwei und meine Buchstaben wollten einfach nicht auf der Linie bleiben.

Der Lehrer und auch Mutter waren unerbittlich, wieder und wieder musste ich ablöschen und neu schreiben. Mein Tafelschwamm wurde dabei schnell trocken und meine Augen feucht. In diesen Momenten mochte ich die Schule nicht.

Von unserem Haus bis zur Schule war es nicht weit, doch manchmal verbummelten wir uns. Irgendetwas gab es auf der großen Wiese und am Feldstückchen mitten im Dorf immer zu sehen. Hin und wieder waren es Gänseblümchen oder Grasblüten, die zu einem Sträußchen gepflückt werden wollten. Oder mein Bruder musste unbedingt einem Heuhüpfer hinterher.

Es war nicht gut, zu spät zu kommen. Ab und zu benutzte unser Lehrer auch mal den Stock, doch mit mir und den anderen Mädchen hatte er immer ein Nachsehen, und bei den Jungen muss es auch nicht so schlimm gewesen sein, denn niemand weinte richtig.

Meldete sich in der Schule Besuch aus Johannisburg an, dann übte unser Lehrer auch mal mit uns das Aufstehen und Hinsetzen und das ordentliche Heben der Hand zum „Heil Hitler".

In meinem zweiten Schulsommer feierten wir in der Schule ein Fest - ich weiß nicht mehr, aus welchem Anlass. Wir schmückten die Holzveranda der Lehrerwohnung mit Birkengrün und Blumen. Die Veranda und die Stufen wurden zur Theaterbühne. Kinder aus allen Klassen sagten Gedichte auf und sangen Lieder. Ein Singspiel über den Sommer und die Tiere wurde aufgeführt.

Ich durfte die Schnecke sein. Mit einer Attrappe, die wie ein Schneckenhaus aussah, hockte ich neben der letzten Stufe und sang: „Sitzt in der Eck, die alte Schneck, schaut dem bunten Treiben zu, denkt so bei sich, ist nichts für mich, ich brauche meine Ruh." Es war mein schönster Schultag in Dreifelde.

Im Frühjahr und Sommer war es einfach, in die Schule zu gehen. Im Winter dagegen wurde der kurze Fußweg oft zur Plage. Der Schnee stiebte so stark, in wenigen Augenblicken war alles weiß. Manchmal ging uns der Schnee bis zu den Knien. Die Schuhe und Strümpfe wurden nass, so dass wir in der Schule die Schuhe ausziehen mussten.

Auf dem Rückweg maßen wir manchmal die Schneeberge am Weg. Wir schoben unsere Fäuste tief in die Schneemasse. Der Schnee kroch uns in die Mantelärmel. Meine Mutter mochte das überhaupt nicht. Es war nicht einfach, die Mäntel und Strickpullover schnell wieder zu trocknen.

Die guten Ratschläge unserer Mutter: „Siegchen, Nettchen, macht euch nicht nass oder schmutzig!", oder: „Kommt aber gleich nach Hause!", auch die Schimpfe, vergaßen wir bald. Irgendwo lauerte immer etwas auf uns, und wenn es nur ein Zigeunerwagen war, dem wir ein Stückchen hinterher liefen. Und oft sahen wir neugierig den Soldaten zu, wenn sie durchs Dorf marschierten.

Weißt du, wie viel Sternlein stehen

Der Himmel über unserem Dorf war besonders schön. Er spannte sich im Sommer mit einem Blau, das zarter als das der Kornblume ist, über uns. Ich bewunderte die weißen Schäfchenwolken, erfreute mich auch an den Fegewolken, die aussahen, als hätte gerade eben jemand den Himmel mit einem Besen gekehrt.

Bei Sommergewitter saß ich gerne am Fenster und sah auf die vom Himmel zuckenden Blitze. Verdunkelte sich der Himmel aber wie zur Nacht, huschte ich rasch in die Nähe eines Erwachsenen. War kein Großer in der Nähe, suchte ich Schutz bei meinem Bruder, der, wie mir schien, auch nicht ohne Angst war. In solchen Minuten sangen wir ganz laut, was uns gerade so einfiel, und wir waren froh, wenn Mutter oder Oma sich in unserer Nähe aufhielten.

Mit dem Himmel war das so eine Sache, man musste sich gut mit ihm stellen. Wohnte dort oben doch der liebe Gott, der alles sieht und hört, zu dem man beten konnte, aber nie auf ihn schimpfen durfte. Ich hatte mit Hingabe gefleht, er solle Papa nach Hause schicken. Auch darum bat ich, dass die Soldaten niemanden mehr totschießen, dass Mutter nicht mehr weint und dass wir wieder im Wald Pilze sammeln können.

Ich dachte mir, es ist zu weit bis zum Himmel, deshalb konnte Gott mich nicht hören, und ich stellte mich am Abend ans offene Fenster, um zu beten, so laut ich konnte.

Mein Verhältnis zum Himmel wurde immer zwiespältiger. Manchmal sah ich abends zu ihm auf und suchte nach einem Engel, der vielleicht zwischen den Sternen dahinschwebt.

Onkel Erich, Mutters jüngster Bruder, wurde durch einen Bauchschuss zu einem Engel. So hatte Großmutter es mir erzählt. Er muss mit seinen braunen Locken ein schöner Engel sein, habe ich manchmal gedacht.

Es wunderte mich, dass keiner von ihnen, obwohl sie Flügel haben sollen, auf die Erde zurückkam. Sicher ist es im Himmel viel besser als bei uns auf der Erde. Vielleicht ist dort kein Krieg, deshalb kommt niemand zurück.

Ich hätte gerne gewusst, wie es im Himmel aussieht. Doch Mutter verstand es gut, uns Kinder abzulenken. Manchmal versuchten wir mit ihr am Abend die Sterne zu zählen, und sang sie nachher an unserem Bett für uns das Lied „Weißt du wie viel Sternlein stehen, an dem blauen Himmelszelt" war ich mit dem Himmel, so wie ich ihn kannte, wieder zufrieden.

Vaters letzter Urlaub

Meine Geschwister und ich saßen in der Küche am Tisch und löffelten unsere Bohnensuppe. Mutter füllte den Soldaten die Kochgeschirre, gab reichlich und immer auch ein paar freundliche Worte dazu. Sie sagte: „Ich gebe auch nach, wenn's denn schmeckt." Sie sah dem vor ihr stehenden Soldaten ins Gesicht. Die Kelle fiel auf den Fußboden, dann lagen sie sich in den Armen.

Der Soldat mit dem stoppligen schwarzen Bart war unser Vater. Er hatte sich, als er sah, wie es bei uns zuging, einfach in die Reihe der Soldaten gestellt, um uns so zu überraschen. In den nächsten Tagen brauchte Mutter nicht zu kochen, die Soldaten, die im Dorf zur Einquartierung waren, mussten nun auch im Zeltlager ihre Mittagsmahlzeit einnehmen.

Am Abend, nachdem Vater sich rasiert hatte, drängte ich Trautchen fast von seinem Schoß. Meine Mutter bat: „Kinder, seid vorsichtig, Vati ist verwundet, er kommt aus dem Lazarett." Vater tollte diesmal nicht mit uns herum. Er ließ sich aber von Mutter Lieder vorsingen, wiegte dabei unsere Kleine auf dem Schoß. Wir kauerten neben ihm.

Am nächsten Tag holte uns mein Cousin Helmut aus Turowen ab. Wir fuhren Omchen Kopanka besuchen. Überglücklich schloss Omchen ihren Sohn in die Arme. Am liebsten hätte sie ihn da behalten. Sie bat: „Willychen, bleib doch hier, wir könnten dich auf dem Hof brauchen." Tante Lotte schüttelte den Kopf, sagte: „Aber Mama, Willy ist doch Soldat." Omchens Augen füllten sich mit Tränen. Ich wusste nicht, ob sie lachte oder weinte.

Wir aßen ihre Plinsen mit Zucker, tranken frische Milch, liefen zu den Pferden auf die Koppel.

Ehe uns Helmut zurück nach Dreifelde fuhr, guckten wir noch mit Vater in die Scheune, da stapelte sich noch ungedroschenes Korn.

Der Dreschkasten stand bereit. Auf dem Oberboden lagerte Heu, auch neben der Scheune in den Schobern. „Genug für den Winter", stellte mein Vater fest. Cousin Helmut nickte wie ein Bauer. Er sagte, auf meine Cousins Heinrich und Gerhard weisend: „Die Jungchen helfen." Onkel Emil konnte sich auf seine Söhne verlassen.

Meine Cousine Edith schenkte meinem Vater noch einen selbst gestrickten Schal, dann fuhren wir heim. Omchen und Tante Lotte winkten uns nach, sie warteten auch auf das Ende des Krieges und Onkel Emils Rückkehr.

Mutter hatte uns Kindern die beste Kleidung angezogen. Es war ein sonniger Septembertag. Wir gingen in Dreifelde spazieren. Die Früchte prasselten schon von den Eichen. Wir Kinder sammelten sie auf. In den Gärten standen noch Sonnenblumen, und bunte Astern blühten. In unserem Garten waren Kohl und rote Rüben fast reif. Vater wünschte sich Rote-Rüben-Suppe mit saurer Sahne. Wir aßen diese Suppe sehr gerne. Am nächsten Tag überraschte uns Mutter mit diesem Gericht. Wir waren alle zufrieden.

Dann kam Vaters letzter Urlaubsabend. Als wir im Bett lagen, sah mein Vater noch mal zu uns Kindern rein. Er beugte sich über uns. Leise sagte er: „Sie schlafen." Die Tür zum Wohnzimmer ließ er ein Stück auf, so wie Großmutter es eingeführt hatte. Ich schlief nicht, horchte in die Stille. Nach einer Weile hörte ich meinen Vater sagen: „Hier bleiben kann ich nicht, das weißt du, also gehe ich zurück. Vielleicht geht es mir so wie denen", sagte er.

Das Foto, welches Vater meiner Mutter wohl zeigte, sah ich viel später. (Soldaten standen um eine offene Gruft mit zum Salut erhobenen Gewehren. Mein Vater stand davor mit einem Kranz in den Händen. Der Hintergrund zeigte viele Holzkreuze.)

Meine Mutter und auch Vater schwiegen eine Weile, dann erzählte er wieder: „Die Kinder dort sind wie unsere. Wo ich jetzt war, ist es schön, fast wie bei uns, wenn nur das verfluchte Schießen nicht wäre."

Wieder Stille. Als Vater weiter sprach, stockte er und seine Stimme zitterte, dann brachte er heraus, was sich mir ins Gedächtnis grub: „Auf einem Bauernhof war nur noch die Frau, wir durchsuchten das Haus und den Stall, nahmen mit, was wir brauchten. Die Frau schickte uns einen Fluch hinterher. Der Leutnant drehte sich um, gab den Befehl, die Frau zu erschießen. Der Schuss hallte über den Hof, in der Scheune weinte ein Kind. Keiner wollte es rausholen, da ging der Leutnant selbst. Das Kind schrie vor Angst. Er schlug das kleine Mädchen an die Scheunenwand, es schrie nicht mehr."

Mein Vater schwieg, und in die Stille hinein hörte ich Mutters Weinen. Ich lag wie erstarrt in meinem Bett, dann weinte ich auch. Mein Bruder wurde wach. Unsere Eltern setzten sich zu uns auf die Betten. Beruhigt schlief ich ein.

Am nächsten Tag begleiteten wir Vater zum Bahnhof. Wir hielten uns an den Händen. Wir sahen an der Straße zur Johannisburger Heide eine mächtige Panzersperre. Vater schien nichts zu sehen und zu hören, er blickte ins Leere. Lange sahen wir dem Zug nach.

Nur wenige Tage später erhielten wir die Nachricht, dass mein Vater am 17. September 1944 auf deutschem Boden gefallen sei. Nun war Mutter Witwe, und ihr Weinen wollte kein Ende nehmen. Wir konnten sie nicht trösten.

Ich muss immer wieder an die Zeilen aus Vaters Feldpostbrief vom 10.07.1944 denken:

„Wir hoffen ja, dass in diesem Jahr die große Entscheidung kommen wird und der Krieg ein Ende nehmen wird. Wenn wir nur am Leben bleiben, dann wird schon alles werden und wir werden uns noch am Leben freuen können."

Für mich war es schwer, das alles zu begreifen.

Nun ade

Etwas Unfassbares war eingetreten, es nannte sich Evakuierung. Für mich begann sie damit, dass ich der Mutter half, Geschirr in Kisten und Wannen einzupacken. Mein Bruder war damit beschäftigt, Erdlöcher auf dem Hof, im Garten und im Schuppen auszuheben. Dort vergruben wir, was wir nicht mitnehmen konnten.

Eines meiner Lieblingsstücke aus Mutters Hausrat war eine Uhr mit Glasgehäuse und feinen Marmorsäulen. Ich beobachtete oft, wie das golden glänzende Pendel hin und her schwang, und es war für mich wie ein Wunder, ertönte dann noch der einem leisen Glockenklang ähnliche Stundenschlag. Mutter hielt das Pendel an, ehe sie die Uhr in einen Brotkasten einpackte und diesen dann im Schuppen vergrub. Mein Bruder warf noch Steinkohlen auf diese Stelle, damit sie kein Fremder finden könne.

Das Gefühl, das ich beim Anblick der immer leerer werdenden Wohnung empfand, ist nicht mit Worten auszudrücken. Als Mutter die Gardinen von den Fenstern entfernte, kam es mir vor, als wäre alles Leben im Haus für immer davongegangen. Sogar die Petroleumlampe war schon vom Tisch verschwunden.

Im Schlafzimmer erschreckten mich die leeren Betten. Auch mein Spiegelbild im großen Spiegel des Kleiderschrankes tröstete mich nicht. Ich wagte es nicht, wie sonst, mich vor dem Spiegel zu drehen und zu tanzen. Still verließ ich den Raum.

Unsere gelbbraune Katze strich mir um die Beine. Ich setzte mich auf die Bank vors Haus, nahm Murle auf den Schoß und streichelte sie. Tiere durften nicht mitgenommen werden. Meine Mutter stellte noch eine Schale mit Futter unter die Bank.

Nur noch auf wenigen Höfen fand normaler Alltag statt. Die meisten Bauern rüsteten sich ebenfalls zum Verlassen des Dorfes. Wir gingen noch einmal die Dorfstraße entlang. Hin und wieder blieben wir stehen, winkten denen zu, die noch bleiben wollten. Beim Kaufmann erwarb Mutter noch Karamellbonbons, für unterwegs, wie sie sagte. Hinter uns schellte die Glocke.

Nun galt es, noch von Großmutters Grab Abschied zu nehmen. Wir ließen uns mit einem Fuhrwerk nach Poseggen zum Friedhof fahren. Mutter legte einen letzten Strauß auf die Grabstelle.

Auf dem Heimweg fuhren wir an der Schule vorbei. Gleich neben dem Schulhof stand das Haus, in dem meine Freundin Hilde lebte. Ich sah durch das Küchenfenster auf den hellgrünen Küchenschrank, in dem seit vierzehn Tagen die Scheiben fehlten. Hildchen und ich hatten es auf eine Schüssel mit saurer Mich abgesehen.

Hildchen kletterte hoch, ich stützte sie, das Oberteil des Schrankes senkte sich vor. Ich lag unten, Hildchen auf mir, darüber der Aufsatz des Küchenschranks und um uns herum zersprungenes Geschirr. Wir hatten nicht einen Kratzer davongetragen. Unsere Mütter waren froh, dass uns nichts geschehen war.

Hildchen durfte am Abend bei uns Bratkartoffeln essen. Ihre Mutter ließ sie oft zu uns gehen, weil das zierliche, blasse Mädchen bei uns besseren Appetit zeigte, und alle wollten, dass Hildchen etwas auf die Rippen bekäme. Auf dem Bahnhof sind wir uns noch einmal ganz kurz begegnet. Am Ende des Zuges sah ich sie einsteigen. Sie winkte uns zu.

Bald saßen auch wir zwischen Kisten und Bündeln im Waggon. Verwandte und Bekannte hatten sich in den Armen gelegen, geweint und gelacht. Manche sprachen voller Zuversicht von einer baldigen Rückkehr in das Dorf. Doch nun war die Stimmung gedämpft. Der Zug fuhr langsam aus dem Bahnhof, vorbei an dem kleinen Bahnhofsgebäude. Ich sah noch die verwaiste Schaukel, von der aus die Tochter des Bahnvorstehers den Reisenden oft nachwinkte.

Die Birken an der Bahnstrecke hatten ihr Laub schon verloren. Die Johannisburger Heide zeigte sich herbstlich. Ich dachte an Pfifferlinge und Preiselbeeren und nahm den Geruch des Kaddicks wahr, und plötzlich roch es nach frisch geschlagenem Holz. Ich sog den Duft des Waldes ein.

Zaghaft stimmte eine junge Frau das Lied an: „Nun ade, Du mein lieb Heimatland". Meine Mutter sang leise mit. Die sonst so sangesfreudigen Dorfbewohner stimmten aber nur spärlich ein.

Ich bemerkte nicht, wann wir Masuren hinter uns ließen. Als ich erwachte, war es dunkel. Der Zug ruckte heftig, dann blieb er stehen. Die kleinen Kinder weinten vor Schreck. Meine Mutter tastete nach meinen Geschwistern und mir. Wir rückten dicht aneinander.

Plötzlich setzte der Zug sich wieder in Bewegung. Ich begriff nicht, warum der alte Mann aus der Ecke des Waggons schimpfte und fluchte. Sein Schimpfen ging in einem Weinkrampf unter. Erst als wir auf irgendeinem Bahnhof warmen Malzkaffee gereicht bekamen, bemerkte ich, dass wir uns jetzt im letzten Waggon befanden, die anderen waren abgekoppelt worden. Und langsam, ganz langsam begriff ich, was mit uns geschehen war.

Flieger über Inamünde

Nach der Evakuierung aus Ostpreußen fanden wir Unterkunft in dem kleinen pommerschen Dorf Inamünde. Eine Bauernfamilie ließ uns in einem schmalen Zimmer wohnen. Zwei Betten, ein Tisch, vier Stühle und ein Kleiderschrank standen darin.

Mir hat sich der braune Kleiderschrank besonders eingeprägt. Bei jedem Luftangriff, der geflogen wurde, überquerten die Flugzeuge Inamünde. Zuerst beachteten sie den Ort nicht, schossen erst, wenn sie auf dem Feld und der Wiese die Fliegerabwehrstellungen ausgemacht hatten. Sie nahmen auch den Flakkreuzer, der auf dem Dammschen See Position bezogen hatte, ins Visier.

Mir saß die Angst, sie würden auch auf unsere Wohnungen zielen, in den Gliedern. Hörte ich nur von ferne einen Flieger, verkroch ich mich in der Schrankecke. Manchmal dirigierte Mutter uns drei Kinder in diese Ecke. Dort kauerten wir, unsere Köpfe auf Mutters Schoß gelegt. Sie schützte uns mit ihrem Oberkörper. So warteten wir vier auf die Entwarnung.

Es kam öfter vor, dass wir nicht dazu kamen, in den Luftschutzkeller zu laufen. Er war ein in die Erde gegrabenes, mit Balken und Brettern ausgeschlagenes Gewölbe. Bei einem Luftangriff wäre dieser Keller beinahe zerstört worden. Eine Bombe hatte unmittelbar neben dem Eingang einen riesigen Trichter gerissen. Ich hatte mir die Ohren zugehalten, als es über uns dröhnte. Durch die Detonation der Bombe wurde mein Freund Erich für immer gehörgeschädigt. Er hatte neben mir gestanden. Als er plötzlich wild um sich schlug, wich ich zurück bis an die kalte Bretterwand. Niemand konnte Erich beruhigen.

Die Luft im Bunker wurde unangenehm. Es roch nach Urin, ich erbrach mich. Säuglinge weinten. Es schien mir eine Ewigkeit, bis die Sirene Entwarnung heulte.

Als wir wieder draußen waren und den Bombentrichter betrachteten, zog Mutter uns Kinder fort. Sie erklärte uns später, der Keller sei ein riesiger Sarg. Sie wolle nicht, dass wir lebendig begraben würden. So saßen wir bei nächsten Fliegerangriffen wieder zu viert in der Schrankecke. Ob das sicher sei, darüber machten wir uns keine Gedanken. Wir saßen wie erstarrt und warteten ab.

Einmal, es war um die Weihnachtszeit 1944, hockten wir in unserer Ecke. Ein Flieger flog dicht über das Haus. Ich hörte es dröhnen und knattern. Ich spürte, wie die Dielenbretter unter meinen Füßen vibrierten. Glas splitterte. Mutter drückte unsere Köpfe fester auf ihren Schoß. Mir wurde schwindlig.

Als der Spuk vorüber war, herrschte Stille im Haus, aber vom Stall her rumorte es. Die Kühe und Pferde waren unruhig. Wir hörten den Bauern reden. Wir wagten uns aus unserer Ecke. Der Tannenbaum war vom Hocker gefallen, die Glaskugeln zersplittert, eine Scheibe im Fenster zerborsten. Es wurde kalt in unserer Stube. Mit Brettern und Pappe dichtete der Bauer das Fenster ab. Mein Bruder setzte den kleinen Tannenbaum wieder auf den Hocker. Mir war, als hätte sich ein Schleier vor meine Augen gelegt. Ich wollte ihn wegwischen, doch der Schleier blieb.

Ich sah noch eine andere Art Weihnachtsbaum. Die Aufklärungsflieger setzten ihre Zeichen für die nachkommenden Bomber in den Himmel. Wir nannten diese Gebilde, die einem beleuchteten Tannenbaum ähnelten, „Christbäume". Es waren Bäume, die nichts mit einer friedlichen Weihnacht zu tun hatten, denn die so markierten Ziele wurden durch Bomben vernichtet.

Ich hatte gehört, dass der Bauer sagte: „Wenn die Pölitz erledigen, dann gibt es ein Feuerwerk." Warum und wieso, wusste ich nicht und dann geschah es. Die Sirene in Inamünde heulte. Fliegeralarm. Wir blieben verschont. Doch von Haus zu Haus wurde der Ruf „Pölitz brennt" weitergegeben.

Was wir sahen und hörten, lässt sich nur schwer beschreiben. Die Detonationen hallten über den See bis nach Inamünde. Noch lange, nachdem die Bomber abgedreht waren, hörten wir Explosionen und der Himmel färbte sich rot, orange und grau. Es war, als wollten Erde und Himmel sich im Feuer vereinen. Später sagte der Bauer zu meiner Mutter, jetzt sei die Hölle auf der Erde.

Wir erfuhren, viele Menschen seien bei lebendigem Leibe verbrannt. Von Phosphor und Munition war die Rede, und dass nun das Hydrierwerk was abbekommen habe. Diese Begriffe konnte ich nicht einordnen, aber die Hölle auf der Erde fand ich entsetzlich. Ich betete zum lieben Gott, nie wieder möge er zulassen, dass es die Hölle auf der Erde gebe.

Eigentlich war Inamünde schön. Gelegen zwischen Acker, Wiesen, an der Mündung des Flusses Ina in den Dammschen See. Es hatte etwas Ruhiges, solange der Himmel nur Himmel war. Doch Flieger überrasten es, um dann die Flakabwehrstellungen in der Nähe zu beschießen.

Einmal war auch ich ein Ziel. Ich erinnere mich an einen Tag, an dem meine Mutter meinen Bruder und meine Schwester zum Bollwerk schickte, Fische zu holen. Es war sehr ruhig, keine Warnung vor Flugzeugen. An solchen Tagen wagten sich manchmal Fischer auf den See, um zu fischen. Sie verkauften die Fische gleich am Bollwerk.

Meine Mutter bereitete alles für eine Fischsuppe vor. Als plötzlich die Sirene ging, riss sie unsere Mäntel vom Haken, fasste meine Hand und zog mich mit sich fort. Wir liefen quer über die Wiese in Richtung Bollwerk. Da kamen auch schon die Flieger. Sie rasten im Tiefflug über uns hinweg.

Plötzlich ratterten Maschinengewehre. Meine Mutter riss mich zu Boden, sie bedeckte mich mit ihrem Körper. Neben uns gingen Geschosse nieder. Mir wurde heiß. Ich spürte, wie die Erde aufriss. Ich wagte mich nicht zu rühren. Dann noch eine Salve Maschinengewehrfeuer über uns und endlich Ruhe.

Ich lag noch eine Weile still, bis ich es schwer über mir spürte. Irgendwie befreite ich mich. Nun lag meine Mutter wie leblos auf dem Bauch im Gras. Ich wusste nicht, was ich machen sollte.

Ich dachte sie wäre tot, Angst schüttelte mich. Ich fasste Mutter an und rollte sie auf den Rücken. Sie bewegte sich und öffnete die Augen. Benommen erhob sie sich und nahm mich an die Hand.

Wir liefen so schnell wir konnten zum Bollwerk. Dort fanden wir meinen Bruder und meine Schwester in einem Unterstand auf der Erde sitzen.

Als wir zurückgehen wollten, sahen wir an der Außenwand des Unterstandes einen Mann lehnen. Er hielt beide Hände auf den Bauch. Als wir dicht vor ihm standen sackten seine Füße ein. Er lag vor uns, aus seinem Leib quoll Blut. Mutter fühlte dem Mann den Puls. Sie zuckte zurück. Leute kamen, sie bemühten sich um den Mann und uns. Der Mann war tot. Sie begleiteten uns zurück ins Dorf.

Meine Mutter wurde krank. Nervenfieber, hatte der Arzt gesagt und dass wir einen Schutzengel hatten.

Wie viele Tage wir noch in Inamünde weilten, weiß ich nicht. Ich hatte jedes Zeitgefühl verloren, reagierte aber auf den ersten Laut der Sirene und verkroch mich hinter dem Schrank, und beim Dröhnen der Flugzeugmotoren wurde mir heiß. Es war, als gingen Geschosse neben mir nieder. Ich war froh, als wir eines Tages wieder evakuiert wurden. Diese Reise ging nach Mecklenburg.

Den Ort Inamünde, mit den Flugzeugen über ihm, versuchte ich zu vergessen. Dröhnende Militärflieger aber bringen mir diese Zeit immer wieder in Erinnerung.

Ankunft in Mecklenburg

Soviel ich auch nachdenke, mir fällt nicht ein, wie unsere Flucht aus Inamünde stattfand. Es ist, als hätte ich sie nie erlebt. Ich weiß nur, dass meine Mutter schweren Herzens ihre Singernähmaschine, die sie aus Ostpreußen mitgebracht hatte, der Bäuerin überließ. Viel später erkannte ich, wie schwer es für Mutter gewesen sein musste, sich von der Nähmaschine zu trennen. Mutter schneiderte.

Das erste, was ich wieder bewusst wahrnahm, war ein Leiterwagen, davor ein braunes Ackerpferd. Auf diesem Leiterwagen wurden Kisten, Koffer und Bündel verstaut, die ein Eisenbahner aus dem Gepäckwagen eines Zuges reichte. Zuletzt wurden Familie Reinert und wir auf das Fuhrwerk verfrachtet.

Wieder einmal war mein Gegenüber mein Schulfreund Erich. Wir saßen auf dem Gepäck. Tante Mia, Erichs Mutter, hockte dazwischen in ihrem viel zu großen Herrenmantel - wie ein Kleiderbündel. Meine Mutter trug ihren braunen Pelzmantel und eine dazu passende warme Filzkappe. Über die Kappe hatte sie noch einen warmen Schal gebunden. Der Kutscher half meiner Mutter höflich auf den Leiterwagen. Er nannte sie „Gnädige Frau". Zu Tante Mias Mutter sagte er einfach Omchen und half ihr auf die Kutscherbank. Er legte eine Decke um Omchen.

Nun ging es weiter ins Unbekannte. Wir fuhren durch die Stadt Waren-Müritz. Mir gefielen ihre hübschen hellen Häuser. In manchen Schaufenstern sah ich Bekleidung und Spielwaren. Ich war zufrieden, hier war kein Krieg.

Es ging vorbei an Wäldern, Feldern und Wiesen. Alles lag noch in tiefster Winterruhe. Es war kalt, ich fror. Meine kleine Schwester Edeltraud saß auf Mutters Schoß, umschlossen vom braunen Pelzmantel. Wir größeren Kinder rückten dichter zusammen, „Nur noch bis Plasten, da sollen sie hin", sagte der Kutscher.

Er war recht wortkarg. Beim Wegweiser Klein Plasten war es aber noch nicht so weit. „Bis Groß Plasten" erklärte der Kutscher uns. Er hielt in der Nähe eines großen Stallgebäudes, ließ uns absteigen und ging mit uns Kindern in den Stall.

Hier kam uns eine Frau mit einem Eimer Milch entgegen. Nacheinander musste jeder von uns eine Kelle Milch austrinken. Ich mochte keine frische Kuhmilch, trank sie aber trotzdem. Eine weiße Emaillekanne mit Milch trug sie nach draußen. „Von der Herrschaft", hatte sie gesagt, als sie Omchen die Kanne gab.

Über den Hof kam eine andere Frau, ihre Schürze leuchtete weiß. Der Kutscher nannte sie Mamsell. Ich war mit allen Sinnen wach geworden, verfolgte jede Bewegung der Mamsell. Sie überreichte meiner Mutter etwas in ein weißes Tuch gewickeltes. Es roch nach frischem Brot. Auch von Mamsell kam der Hinweis, es sei von der Herrschaft.

„Bi Fru Lehmbeck schaast du see afloaden", sagte sie zum Kutscher. Das waren die ersten Worte Mecklenburger Platt, die ich hörte. Der Kutscher setzte noch eins drauf. „Nu möt jie loppen". Wir begriffen, sahen uns aber noch um, ehe wir dem Fuhrwerk hinterher gingen.

Ich staunte, hier gab es ein richtiges Schloss. Dort also wohnte die Herrschaft. Gegenüber dem hübschen hellen Schloss schienen mir die anderen Häuser klein und einfach. Vor manchen Türen standen Kinder, sie guckten uns neugierig hinterher.

Frau Lehmbeck wohnte in einem niedrigen Ziegelhaus. Da Frau Lehmbecks Mann im Krieg war, musste sie ein Zimmer an Flüchtlinge abtreten. Sie wies uns in ihr Schlafzimmer. Mir schien es für uns ausreichend. Als ich aber erfuhr, Reinerts müssen mit in das Zimmer, war ich erschrocken.

Es wurde bestimmt, ein Bett ist für Omchen, in das andere die großen Kinder quer. Strohsäcke wurden gestopft, so dass Mutter mit meiner kleinen Schwester und Tante Mia auf dem Fußboden schlafen konnten. Als das Schlafproblem geregelt war, bekamen wir in Frau Lehmbecks Küche Malzkaffee, Brot und süße Blutwurst zum Abendbrot.

Frau Lehmbeck brachte uns eine Waschschüssel. Später könnten wir uns in der Küche waschen, sagte sie. Sie zeigte uns noch, wo auf dem Hof die Toilette ist. An diesem Abend brauchte ich mich nicht zu waschen, ich war auf Mutters Strohsack eingeschlafen. Mir blieb dadurch für eine Nacht das Schlafen im Gemeinschaftsbett erspart. Ich hatte mich auf dem Strohsack ausgeschlafen, ich war neugierig auf Groß Plasten.

Erster Aufenthalt in Groß Plasten

An unserem ersten Tag in Groß Plasten bekamen wir alle zu spüren, dass wir hier nicht hingehörten. Wir waren für die Dorfbewohner, ob jung oder alt, nur die Flüchtlinge. Die Alten guckten hinter den Gardinen, oder sie schlossen sofort die Tür, sobald sie jemanden von uns auf der Straße sahen.

Meine Mutter und Tante Mia erledigten gleich am ersten Tag alle Formalitäten. Dazu gehörte auch das Anmelden der Kinder in der Schule. Wir hatten die Schule schon in Augenschein genommen. Sie stand nur zwei Häuser weiter am Ende der Dorfstraße. Das Klassenzimmer war durch das Fenster gut zu betrachten. Ein schmales Pult, eine dunkle Tafel und breite Bänke in drei Reihen angeordnet, konnte ich erkennen.

Nach dem wochenlangen Schulausfall, verursacht durch die Flucht von Ostpreußen nach Inamünde, wusste ich kaum noch etwas vom Gelernten. Ich brachte nach Tagen noch nicht ein richtiges Wort an die Tafel, dafür musste ich meine Hände vorhalten. Der Lehrer schlug mit dem Stock auf beide Handflächen. Es schmerzte entsetzlich. Ich lief aus der Schule.

Meine Mutter führte eine Aussprache mit dem Lehrer. Sie versicherte mir, er wird mich nie wieder schlagen. Das tat er auch nicht, doch ich hasste ihn trotzdem. Ich musste noch oft mit ansehen, wie er mit dem Stock ausholte. Einmal hatte er einen großen Jungen regelrecht verprügelt. Ich war froh, wenn Sonntag war und wir nicht zur Schule mussten.

Es gefiel mir nicht in Groß Plasten. Es kamen immer mehr Flüchtlinge. Die Schulbänke wurden zu knapp. Und Mutter ermahnte uns ständig: „Geht nicht zu anderen Kindern, sonst denken die Eltern, ihr wollt was zu essen haben. Geht nicht in den Park, das hat die Herrschaft nicht gern."

Doch in die Kirche zum Gottesdienst durften wir. Dort sah ich auch Mamsell. Sie war die erste Person, die mir freundlich zulächelte. Ich knickste jedes Mal, sobald ich ihr begegnete. Noch einmal brachte uns Mamsell etwas zum Essen, doch ohne den Zusatz „von der Herrschaft." Die Blutklöße hatte sie selbst zubereitet. Sie sagte, es seien Tollatschen. So etwas kannten wir nicht. Ganz leicht erinnerte mich der süße Geschmack an ostpreußisches Schwarzsauer. Alles schien mir in Mecklenburg anders, die Sprache, die Menschen, sogar die Pferde.

Bei Frau Lehmbeck wurde es enger und enger. Der kleine Küchentisch war ständig umlagert. Im Herd brannte fast immer das Feuer, denn die Frauen mussten für ihre Familien kochen. Wir Kinder hatten immer Hunger. Die Küche war wohl der einzige warme Raum im Haus, denn auch Frau Lehmbeck hielt sich oft dort auf. Manchmal, am Abend, wenn Omchen Gonschoreck und wir Kinder in unserem Gemeinschaftsbett lagen, hörte ich die Frauen in der Küche erzählen. Es kam auch vor, dass sie traurige Lieder sangen. Hörte ich diese, dann weinte ich mich in den Schlaf.

Trotz der friedlichen Abende gab es immer öfter Streit. Ganz schlimm wurde es, als wir Kinder anfingen, uns unsere Hände wund zu kratzen. Es juckte zwischen den Fingern. Dazu kam noch, dass Christel Reinert anfing, sich auch den Kopf zu kratzen. Bald kratzten wir alle.

Omchen ordnete an, alle Köpfe abzusuchen. Meine Mutter war nach Waren gefahren, um dort Läusekämme und Läusepulver zu kaufen. Eine stinkende Salbe für die Hände hatte sie auch aus der Apotheke mitgebracht.

Mehrere Tage wurde unser Tagesablauf durch die Krätze und die Läuse bestimmt. Bei Tageslicht wurden alle Kopanka-Köpfe und alle Reinert- Köpfe über weißen Tüchern abgekämmt. Meine Mutter kämmte, bis mir die Kopfhaut schmerzte. Sie knackte die Nissen, die hinter meinen Ohren im Haar fest hafteten.

Mutter war unerbittlich. Drei Tage liefen wir alle mit eingepudertem Haar. Wir Kinder sahen mit unseren Kopf- und Handverbänden nicht gerade schön aus. Niemand von uns wagte sich nach draußen. Frau Lehmbeck ließ sich von meiner Mutter vorsichtshalber auch eine Lausekappe aufbinden.

Mit den Läusen sind wir rasch fertig geworden, aber die Krätze wollte nicht verschwinden. Omchens Befehl, alle Kinder pinkeln in den Nachttopf, war die rechte Medizin. Wir mussten mehrmals täglich unsere Hände in den frischen Urin halten. Ich ekelte mich sehr und es brannte fürchterlich, aber es half. Wir waren wieder krätzefrei. Das bedeutete, wir mussten wieder zur Schule. Ich bete vor dem Schlafengehen: „Lieber Gott, schicke uns eine Lehrerin."

Lange brauchte ich mich nicht mehr vor Lehrer K. ängstigen. Vor Frau Lehmbecks Wohnzimmerfenster, im winzigen Vorgarten, blühten Schneeglöckchen und die ersten Krokusse. Doch den Frühling in Groß Plasten erlebten wir nicht. Alle Flüchtlinge mussten weiterziehen.

Auch die Einheimischen sollten das Dorf verlassen. Es hieß, die Russen werden bald kommen. Einige Bauern bereiteten sich auf die Flucht vor. Die Herrschaft hatte auch Fuhrwerke zur Verfügung gestellt. Meine Mutter packte das Notdürftigste zusammen. Wäsche und die Federbetten verstaute sie in eine Kiste, die sie bei Frau Lehmbeck zurück lassen konnte. Frau Lehmbeck wollte nicht flüchten.

Ehe wir Groß Plasten verließen, hielten alle Wagen auf dem großen Platz in der Nähe des Kuhstalls. Die Herrschaft wolle sich noch verabschieden, hieß es. Vor dem Schloss am Rondell sah ich schön gekleidete Damen, einige mir unbekannte Kinder und zwei Herren. Einer wünschte allen eine gute Fahrt, dann sagte er: „Wir werden hier bleiben, wir verlassen unsere Heimat nicht." Ein brauner Hund drängte sich an seine Füße.

Ich hielt nach Mamsell Ausschau. Nein, niemand war da, von dem ich mich verabschieden konnte.

Wir verließen Groß Plasten auf einem Leiterwagen, gezogen von einem Ochsengespann. Gespann und Wagen – ein Geschenk der Herrschaft.

Auf der Landstraße

Als wir nach Groß Plasten kamen, war die Landstraße noch frei. Autos und Fuhrwerke konnten unseren Leiterwagen gut überholen. Was sich aber bei unserer Flucht aus Groß Plasten abspielte, ist nur schwer mit Worten wiederzugeben.

Ein Flüchtlingstreck bewegte sich langsam auf der Straße. Es dauerte lange, bis sich unsere Wagenkolonne in den Treck einreihen konnte. Die Flüchtenden wollten sich nicht verlieren, sie wollten Dorfweise zusammen bleiben. Das war unmöglich. Hin und wieder ging ein Rad kaputt oder die Pferde konnten vor Schwäche nicht weiter. Mancher Wagen musste von der Straße geschoben werden. Oft verteilten sich die Flüchtenden auf andere Fuhrwerke. Einige aber blieben auf Hilfe hoffend bei ihrer Habe sitzen.

Hielt der Treck an einer Scheune, konnten wir in ihr schlafen. Einer musste immer beim Fuhrwerk bleiben. Bei uns war es meistens mein Bruder, der deshalb unter dem Wagen schlafen musste. Die Nächte waren noch kalt. Hin und wieder schickte der Himmel Schneeschauer. Oft regnete es. Es war schwierig, die feuchten Decken zu trocknen.

Unsere Ochsen waren völlig entkräftet. Von Wasser allein konnten sie nicht leben. Ich sah verendete Tiere übereinander geschichtet, mit Stroh und Holz belegt. Als der Treck sich wieder in Bewegung setzte, brannte der Scheiterhaufen. Vereinzelt wurden die Tiere aber nur in den Straßengraben geworfen.

Auf vielen Wagen gab es Kranke. Omchen wurde vom Husten geschüttelt.

Unsere Ochsen brachen entkräftet zusammen. Reinerts wurden von einem anderen Fuhrwerk aufgenommen. Wir konnten einige Gepäckstücke mitgeben. Uns nahm später ein Militärfahrzeug mit. Die Offiziere befanden sich auf der Flucht, sie wollten in Richtung Amerikaner.

Doch dorthin nahmen sie uns nicht mit. Sie setzten uns mit unserem Gepäck in der Nähe eines Ortes einfach am Straßenrand ab. Wir wollten quer über das Feld, auf dem kürzesten Weg in den Ort. Es dunkelte schon. Wir meinten, in der Nähe der Häuser Militärfahrzeuge zu erkennen, wollten dorthin.

Plötzlich wurde geschossen, Flugzeuge im Tiefflug über uns. An mehreren Stellen sahen wir Flammen in den Himmel steigen. Wir warfen uns auf die Erde und verharrten lange Zeit so. Ekelhafter Geruch nach versenktem Haar stieg mir in die Nase.

Es wurde Nacht. Aus der Ferne hörten wir noch Schüsse. Wir hatten keine Ahnung, wo wir uns befanden. Wir schleppten uns ein Stück weiter. Hinter einem umgestürzten Jeep suchten wir Schutz. Wir waren müde, unsere Füße trugen uns kaum noch. Wir setzten uns auf die kalte Erde und lehnten uns dicht an die Autoreifen, denn Mutter, die vorher um das Auto herumgegangen war, ließ uns nicht auf die andere Seite.

Es war seltsam, der Mond war fast voll. Mir schien es, als wären wir die einzigen Menschen auf der Erde. Nichts in unserer Nähe regte sich. Meine Mutter stand auf, ging um den Jeep herum. Sie kam wieder zu uns zurück. Wie ein Gespenst stand sie vor uns. In ihren Händen hielt sie ein Bajonett. Meine kleine Schwester lag mit dem Kopf auf meinem Schoß, sie schlief. Mein Bruder duselte an meine Schulter gelehnt.

Ich sah, wie Mutter die Hand mit dem Bajonett erhob. Ich beugte mich über meine Schwester. Ich fühlte mich müde, unendlich müde. Alle Gedanken wichen aus meinem Kopf. Erst ein plötzlicher Schrei: „Nein", der durch die Nacht hallte, brachte mich zurück. Dann hörte ich meine Mutter weinen. Zitternd zog sie uns Kinder an sich heran. Später begriff ich, sie hatte uns ein zweites Mal das Leben geschenkt.

Wieder war es ein Militärfahrzeug, das uns am Morgen weiter brachte. Die beiden deutschen Soldaten nahmen noch den Toten im Jeep die Erkennungsmarken ab, alles ging hastig zu, denn sie wollten zu den Amerikanern. Die sollten ganz nahe sein. Sie hissten ein weißes Tuch auf dem Fahrzeug.

Wir gelangten an eine Stelle, die wie ein großes Feldlager aussah. Militärfahrzeuge und Fuhrwerke standen wie zu Wagenburgen gereiht. Fremde Soldaten, auch ganz dunkelhäutige, kommandierten in einer fremden Sprache. Wir Kinder bekamen dicke süße Milch aus einem großen schwarzen Fass und körniges Brot aus Dosen.

Es hieß, alle Zivilisten müssen das Lager verlassen. Wir fanden Reinerts wieder. Auf dem Wagen befand sich noch der Rest unseres Gepäckes. Wir konnten mit aufsteigen. Die jungen Leute, die vorher das Fuhrwerk geführt hatten, waren mit einem Auto mitgenommen worden. Wir wussten nicht, in welche Richtung wir fahren sollten. Uns wurde die Entscheidung leicht gemacht. Jemand befahl, alle Flüchtlinge formieren sich zu einem Treck. Nun waren wir wieder unterwegs.

Du wirst es vergessen

M anchmal nahm ich die Stimme, die vom ersten Wagen die Weisungen weitergab, kaum noch wahr. Dem Ruf folgend: „Abstand halten, steiler Berg!" zog sich der Treck auseinander. Endlich kam das Kommando: „Halt!" Das monotone Pferdegetrappel hörte auf.

Ich sprang vom Wagen. Mutter nahm aus einem Karton hartes Brot. Sie goss Wasser in einen Topf und weichte das Brot ein. Sie rief mir und dem Bruder zu: „Geht noch in den Graben, dann braucht ihr nachher nicht runter."

Ich lief ein Stück weiter, um nicht gesehen zu werden, und hockte mich hinter einen Busch. Kleine grüne Blätter zeigten sich an den Zweigen. Ich blinzelte, die Sonne blendete mich. Ich kniff die Augen zu, öffnete sie und sah wieder durch den Busch. Ein Menschenkopf lag dahinter.

Ich sprang auf, vergaß die Hose hochzuziehen und fiel hin. Meine Mutter hob mich auf, sie trug mich zum Wagen, machte mich sauber und wickelte mich in eine Decke. Dann sah ich zwei alte Männer, sie trugen auf einem Brett einen Körper in einer zerfetzten Uniform. Sie kippten das Brett an und ließen ihn in eine Grube rutschen. Ein Junge legte ein Bündel, aus dem verkrustetes Haar guckte, ebenfalls in die Grube. Wieder kippten die beiden Alten einen Toten in die Gruft. Irgendeiner schrie: „Legt unseren nicht zu dem Iwan!". „Halts Maul!" rief einer der alten Männer, dann schaufelten sie Erde auf die Toten.

Mir schien, unser Wagen rutschte ebenfalls in die Gruft. Der Himmel und die Sonne senkten sich auch mit uns hinab, und die Sonne legte sich neben mich und versengte mir die Haut.

Als ich wieder zu mir kam, standen die Wagen auf einem Hof. Ich sah Mutter an einem Feuer hantieren. Es roch nach Pellkartoffeln.

Ein alter Mann kam, sprach mit den Leuten. Laut rief er: „Leute, hier könnt ihr nicht mehr bleiben, es sind schon zu viele Flüchtlinge hier." Der Alte erinnerte mich an etwas...

Und dann kam es wieder, dieses Bild: der Strauch - und dahinter der Kopf. Jetzt schrie ich, schrie, dass es in meinen Ohren schmerzte. Meine Mutter kam gelaufen, sie nahm mich in ihre Arme. Ich wurde still. Sie sagte zu mir: „Der Krieg geht zu Ende, du wirst es vergessen."

Flammen

Wieder zogen wir weiter. Mir war egal, wohin wir gebracht wurden. Ich dachte: „Wenn dort nur nicht geschossen wird." Ich zählte nicht die Tage, wusste auch nicht zu sagen, wo wir uns gerade aufhielten. In einer großen Scheune konnten wir für diese Nacht unser Lager bereiten. Die Männer, meist Großväter oder junge Burschen mussten die Wagen bewachen. Zu oft wurde etwas gestohlen.

In der Scheune roch es nach faulendem Stroh. Ich hörte Flugzeuge. Dann überkam mich der Schlaf. Am Morgen packte meine Mutter die Decken zusammen. Tante Mia ging mit Erich, mir und Edeltraud eine Treppe hinunter zum nahen Bauernhaus. Die Fenster im Haus waren zerschlagen, die Türen standen offen.

Tante Mia rief: „Ist hier jemand?" Es kam keine Antwort. Erich sah die Pumpe zuerst. Wir liefen zur Pumpe, pumpten abwechselnd und wuschen uns Hände und Gesicht, und tranken von dem kalten Wasser. Tante Mia war ins Haus gegangen, nach Essbarem suchen.

Meine Schwester hantierte an einem Trog. Plötzlich hörte ich sie schreien. Ich sah mich um. Ihre Kleider brannten. Sie rannte wie wild die Stufen zur Scheune hoch. Ich konnte sie nicht fassen. Oben angekommen stand sie wie eine brennende Fackel und schlug wild um sich.

Es sauste in meinen Ohren und es war, als springe mein Herz aus dem Leib. Menschen standen da, unfähig etwas zu tun. Meine Mutter warf Edeltraud auf den Boden, kullerte sie auf der Erde, wollte die Flammen mit ihrem Leib ersticken. Mein Bruder goss Wasser über Edeltraut. Ein alter Mann riss Mutter weg, warf eine Decke über die brennende Kleine und erstickte das Feuer. Edeltraud wimmerte entsetzlich. Nun kümmerten sich einige Leute um das Kind und meine Mutter.

Edeltraud wurde von den Kleiderresten befreit. Ihre Oberschenkel sahen furchtbar aus. An ihrem Körper sah ich dicke Brandblasen, ihr blondes Haar war versengt. Auf ihre Brandwunden schüttete ein Sanitäter eine dicke Schicht Puder. Es stank entsetzlich, mir drehte sich der Magen um.

Meine Schwester starrte uns an. „Sie hat einen Schock, sie muss sofort in ein Krankenhaus", erklärte uns der Sanitäter. Nebenbei erzählte er, dass sie Glück gehabt hätte, gestern sei ein Junge nach dem Fliegerangriff auch ans Phosphor gekommen. Er überlebte es nicht.

Tante Mia und der Mann, der die Flammen erstickt hatte, berieten. In eine Klinik müsste die Kleine, sagte er eindringlich zu meiner Mutter, als er ihr die Hände verband.

Unser Fuhrwerk trennte sich vom Treck. Ich war entsetzlich müde, bald schlief ich auf dem Wagen ein. Zwischendurch wurde ich wach. Meine Schwester schrie, sobald der Wagen stärker rumpelte. Mir wurde schlecht. Nun mussten sie noch meinetwegen anhalten. Nur Siegward hielt sich tapfer, er übernahm die Zügel.

Wir fuhren in Richtung Oranienburg. Manchmal hörten wir Flugzeuge über uns. Es wurde geschossen. Fremde Soldaten hielten uns an, auch Frauen in Uniform, doch diese Uniformen sahen anders aus, als die im Lager. Auch die Frauen trugen Gewehre. Sahen und hörten sie meine Schwester, ließen sie uns weiterfahren. Omchen betete und manchmal sagte sie unvermittelt: „Verfluchte Russen". Jedenfalls kamen wir unbeschadet nach Oranienburg.

In Oranienburg sahen wir noch mehr fremde Soldaten. Die Russen hatten Oranienburg eingenommen. Zwischendurch hörten wir Schüsse in den Straßen. Irgendwie gelangten wir mit unserem Fuhrwerk an ein Krankenhaus. Wir wurden an ein anderes verwiesen.

Im Krankenhaus wurde Edeltraud sofort von den Verbänden befreit. Wir hörten sie schreien, dann war es still. Lange warteten wir im Flur auf meine Mutter. Sie kam mit frischen Verbänden an den Händen und notdürftig gereinigten Kleidern wieder heraus. Sie weinte leise vor sich hin. Der Arzt hatte ihr gesagt, wir könnten bald weiterziehen, die Kleine wird es nicht überleben.

Meine Mutter nahm vom Fuhrwerk nur den Koffer mit Kleidung. Siegward suchte nach der Tasche mit den Fotos, die er aufgehoben hatte, als Mutter sie zusammen mit den Bestecken als unnötigen Ballast vom Wagen geworfen hatte. Das war unser Glück, denn in der Tasche befanden sich noch unser Stammbuch, unsere Sparbücher, Impfscheine und die Nachricht, dass unser Vater am 17. September 1944 gefallen war.

Wir verabschiedeten uns von Omchen, Tante Mia und ihren Kindern Christel und Erich. Tante Mia wollte gut auf unsere restliche Habe aufpassen. Mir kam es vor, als wäre alles um mich herum nicht wirklich und ich konnte die Kälte, die mich packte, nicht abschütteln.

Eine Nacht konnten wir in einem Raum im Krankenhaus bleiben. Mutter durfte am Morgen gleich zu Edeltraud ans Bett. Sie schlief. Der Arzt sagte, wir dürften täglich kommen.

Aufenthalt in Oranienburg

Wir erhielten durch Vermittlung einer Krankenschwester ein Zimmer und eine kleine Küche in der Havelstraße. In dem Zimmer standen Ehebetten, Nachttische, ein Kleiderschrank und ein Frisierspiegel. In der Küche befand sich außer einigen Küchenmöbeln ein weißgekachelter Küchenherd. Das Wohnzimmer wurde von einer Frau bewohnt, auch nur vorübergehend. Die eigentlichen Mieter waren geflüchtet.

In der Nacht wurden wir aus dem Schlaf gerissen. Irgendwo hatten sich noch deutsche Soldaten versteckt. Es gab eine Straßenschlacht. Wir hörten Geschosse auf die Hauswand prallen.

Am nächsten Tag kam meine Mutter völlig verstört aus dem Krankenhaus zurück. Sie sprach nicht. Sie entkleidete sich, wusch sich, zog sich frisch an und hockte sich in der Küche auf den Kohlenkasten. Ich dachte, Edeltraud wäre gestorben. Mutter schüttelte auf meine Frage den Kopf.

Mutter wurde krank. Sie lag im Bett, wollte nichts essen. Es war als schüttelte sie Ekel. Wollten wir rausgehen, bat sie, wir sollen sie nicht alleine lassen. Siegward holte Frau Kalat vom Parterre. Die schickte uns raus.

Wir durften lange nicht ins Zimmer. Frau Kalat nahm uns mit in ihre Wohnung und gab uns Kartoffelsuppe. Wir hatten, seit Mutter krank wurde, nichts Warmes mehr gegessen. Eine kleine Schüssel mit Suppe trug sie rauf zu meiner Mutter. Nach einigen Tagen stand Mutter auf und sorgte wieder für uns. Erst viel später erfuhr ich, dass sie von einem Russen vergewaltigt worden war.

Wann der Krieg richtig zu Ende ging, habe ich nicht genau wahrgenommen. Jedenfalls war ich froh, dass die Bomber nicht mehr flogen und in den Straßen nicht mehr geschossen wurde. Es hieß, Hitler ist tot und Berlin hat kapituliert. Mutter sagte: „Der Krieg ist vorbei".

Nun begann auch für sie wieder die Zeitrechnung. Sie ging in die Stadt, sich bei den Ämtern erkundigen, ob wir wieder nach Masuren zurück könnten. Sobald Trautchen gesund ist, wollten wir zurück in die Heimat.

Am 31. Mai besuchten wir Trautchen. Sie hatte Geburtstag. Ihr Zustand hatte sich verschlechtert. Ihren 5. Geburtstag nahm sie nicht wahr. Im Krankenhaus fehlte es an Medikamente und Verbandzeug gab es nur noch wenig. Das Sterben hatte immer noch nicht aufgehört. Die beiden Jungen in Trautchens Zimmer, die auch Verbrennungen gehabt hatten, waren schon unter der Erde.

Meine Mutter erzählte uns, Dr. Fischer, Trautchens Lieblingsarzt, hätte noch Hoffnung. Er wolle sich an die Russen wenden. Das hat er auch getan. Ein russischer Arzt und andere Russen hatten sich die Schwerkranken angesehen. Dr. Fischer erhielt Verbandsmittel und Medikamente, die er dringend gebraucht hatte, um auch meiner Schwester zu helfen.

Mutter konnte nicht mehr so oft ins Krankenhaus gehen. Ihr war eine Arbeit in der Russenküche zugewiesen worden. Zuerst wollte sie lieber beim Enttrümmern Steine klopfen, dann nahm sie die Arbeit doch an. Sie hatte richtig überlegt, in einer Küche gibt es Reste. Davon brachte sie etwas mit. Manchmal holten wir Mutter von der Kaserne ab.

Wir stromerten am Tag in Oranienburg herum, suchten in Ruinen nach etwas Brauchbarem. Einmal fand ich zwischen den Ziegeln einen etwas verbeulten, aber sonst unbeschädigten Kochtopf. Siegward zog ein unter Brettern liegendes Federbett raus. Wir schleppten alles nach Hause.

Zur Schule gingen wir nicht, niemand kümmerte sich darum. In den Gärten blühten Blumen, die beachteten wir nicht, uns interessierte das junge Gemüse. So war unser beliebtestes Ziel der grüne Gürtel um Oranienburg. Doch man musste aufpassen, die Häuser und Gartenlauben waren bewohnt.

Ich hatte kein schlechtes Gewissen. Oft vergaß ich am Abend das Beten. Wir lebten ohne Schule, ohne Kirche, ohne Freunde. Wir waren Fremde in einer fremden Stadt.

Rote Tomaten und Typhus

In den Gärten reiften die Tomaten. In der Zeit war es, dass ich nicht mehr aus dem Bett aufstehen konnte. Meine Mutter hatte vor Sorge um mich bei der Arbeit geweint. Ein junger Offizier hatte sie nach ihrem Kummer gefragt. Wir Kinder kannten diesen Russen auch. Er sprach manchmal mit uns, wenn wir Mutter von der Arbeit abholten und er sprach deutsch. Diesem Mann hatte meine Mutter ihre Sorge um mich mitgeteilt. Sie konnte nicht weg, weil sie kochen musste. Igor versprach ihr, sich um mich zu kümmern. Den Doktor wollte er auch holen.

Mein Bruder hatte Igor die Tür geöffnet. Igor saß an meinem Bett und wollte mir Tee zum Trinken geben, ich aber wollte unbedingt Tomaten. Igor redete mit meinem Bruder. Er ging fort, war eine Weile später wieder da, legte drei rote Tomaten auf meinen Nachttisch. Ich erinnere mich, dass mich jemand untersuchte. Ich hörte meine Mutter reden, dazwischen russische Worte, dann Igors Stimme. Igor trug mich die Treppe runter. Ich wurde in ein Auto gelegt. Das ist das letzte, was ich von diesem Tag weiß.

Als ich die Welt um mich herum wieder erkannte, lag ich in einem Krankenhausbett. Von dort aus konnte ich vor dem Fenster Schneeflocken wirbeln sehen.

An dieses Fenster wurde ich in einen Lehnstuhl gesetzt. Später musste ich an der Hand einer Schwester zum Fenster gehen. Als ich allein gehen konnte, war es dann soweit, ich durfte wieder nach Hause.

Mein Bruder holte mich ab. Er hatte einen Schlitten mitgebracht. Zwischendurch musste ich mich draufsetzen und er zog. Da nicht überall Schnee war, hatte er es schwer, auf den Gehsteigen vorwärts zu kommen, so lief ich neben ihm her.

Erst in unserer Küche erfuhr ich, dass Mutter wegen Typhus im Krankenhaus lag. Ich wollte gleich dorthin. Doch ehe mein Bruder mit mir zu diesem Krankenhaus ging, vergingen mindestens drei Wochen.

Ins Krankenhaus durften wir nicht rein, aber die Pförtnerin hatte eine Schwester gebeten, unsere Mutter an das Fenster zu bringen. Im obersten Stock wurde ein Fenster geöffnet. Eine kahlköpfige Frau stand am Fenster und winkte. Wir winkten zurück. An der Stimme erkannten wir Mutter. Was sie uns zurief, hatten wir nicht verstanden.

Einige Wochen noch sorgte Siegward für mich. Einmal, beim Brot klauen in der Kaserne, haben die Russen ihn erwischt. Es wäre nicht so schlimm, meinte er zu mir, doch er rieb sich noch ab und zu sein Hinterteil.

Als ich mich etwas erholt hatte, musste ich mit zum Essen besorgen. Wir hatten hinter der Küchenkaserne Fässer entdeckt. Sobald wir sahen, die Frauen bringen Küchenabfälle oder Essenreste, stürzten wir dorthin. Manchmal aßen wir auch gleich aus dem Fass.

Als Mutter wieder zu Hause war, verbot sie uns, aus den Tonnen zu essen. So lange Mutter aber nicht arbeiten konnte, reichte es nicht zum Satt werden. Wir liefen heimlich hin.

Siegward und ich bekamen davon die Ruhr. Als es uns wieder gut ging und Mutter wieder arbeiten konnte, wollten wir drei uns bei Igor bedanken. Mutter meinte, wer weiß, was passiert wäre, wenn ich nicht rechtzeitig ins Krankenhaus gebracht worden wäre. Wir konnten Igor nicht finden, dann die Auskunft „an Typhus gestorben".

Veränderung

D ie alten Mieter waren zurückgekommen, wir mussten die Wohnung räumen. In einem Siedlungshaus am Stadtrand erhielten wir ein Dachzimmer. Die Küche durften wir mit benutzen. Nun wohnten wir im grünen Gürtel von Oranienburg, doch hier gingen wir nichts ernten.

Siegward und ich liefen weit aus der Stadt, um Frühkartoffeln zu holen. Wir hatten schon unseren Rucksack voll und waren an der Straße, als Siegward bemerkte, dass Russen kamen. Siegward schüttete die Kartoffeln in einen Busch, ich leerte meine Jackentaschen auch. Später, als wir unsere Kartoffeln aus dem Versteck holten, sahen wir am Straßenrand zu Matsch zertretene Kartoffeln.

Im Sommer sprach Mutter wieder davon, dass wir, wenn Trautchen gesund ist, nach Mecklenburg wollen, nach Masuren dürften wir nicht. Die Ärzte machten uns Hoffnung, das schlimmste sei geschafft. Die Hautverpflanzung von Mutter zum Kind hätte Erfolg gehabt. Niemand sah, dass sich über Mutters Oberschenkel breite Narben zogen. Doch Edeltrauds Gesundung ließ auf sich warten. Erst nach der Eigenhautverpflanzung schlossen sich die letzten Wunden.

Manchmal durfte die Kleine auf einer Pritsche im Krankenhausgarten liegen. Ihre blonden Locken waren auch wieder gewachsen. Einmal noch bangten wir um ihr Leben. Sie fieberte wieder, phantasierte und schlug um sich. Wir Kinder durften sie eine Weile nicht besuchen. Mutter aber konnte zu jeder Zeit rein.

Unsere Vermieterin kochte fette Brühsuppen und gab davon für meine Schwester mit. Sie ging sogar mit ins Krankenhaus, denn sie wollte unser Trautchen kennen lernen.

Ein ganz besonderes Weihnachten

E s war unser zweiter Winter in Oranienburg. Schon lange lag ich krank im Bett. Ich verfiel immer wieder in den Schlaf, bis mich ein Hustenanfall aufzwang. Nach dem Typhus, so sagte Siegward, brauchte mich der Wind nur anhauchen und schon hätte ich ein Wehwehchen. Ich ärgerte mich darüber.

Als ich alleine war, stand ich auf, um das Fenster in unserer kleinen Dachstube zu putzen. Der Wind muss mich dabei angehaucht haben, denn als Mutter von der Arbeit in der Russenküche kam, war ich stumm.

Tagsüber hatte ich nicht sprechen brauchen. Niemand war daheim, Mutter nicht, auch Frau Zander, unsere Wirtin, nicht. Sie war mit ihrer kleinen Tochter Maren auf Hamstertour. Bei mir konnte sie Maren nicht lassen, ich hätte die Kleine anstecken können. Und Siegward stromerte tagsüber in Oranienburg umher, um etwas Essbares oder sonst was Brauchbares zu finden.

Mutter war erschrocken, als sie bemerkte, meine Stimme war weg. Sie sprach mir Worte vor, doch statt eines Wortes kam bei mir ein unverständliches Geflüster heraus. Ich hörte mich nicht mehr.

Meine Mutter war verzweifelt. Sie ging in ihrem Kummer zu Frau Zander, als diese wieder zu Hause war. Die hatte Honig von der Hamstertour mitgebracht, den teilte sie mit uns. Meine Mutter stellte diese Kostbarkeit auf den Kleiderschrank. Sie trug Siegward auf, mir in ihrer Abwesenheit dreimal am Tage einen Teelöffel Honig in heißes Wasser zu rühren und mir dieses Getränk zu reichen.

Tage später. – In der Russenküche hatte meine Mutter etwas Milch für mich abgezweigt. Milch mit Honig sei sehr gut für meinen Hals, versicherte sie mir. Sie hatte Recht, es schmeckte mir besser als das süße Wasser. Hielt ich meinem Bruder mein Getränk hin, schüttelte er den Kopf. „Ich brauche das nicht", sagte er immer.

Vielleicht hatte er nur Angst, er könnte sich anstecken. Wie es auch war, er sorgte sich um mich.

„Bald ist Heiligabend, was wünscht du dir?", hatte er mich gefragt. Ich malte eine Puppenstube auf einen alten Briefumschlag. Frau Zanders alte Briefumschläge durfte ich bemalen und zerschneiden. Eine Zelluloidpuppe bekam ich auch noch als Geschenk von ihr, damit ich nicht immer so alleine blieb.

Niemand sprach bisher über Weihnachten, und nun sagte Siegward: „Was wünschst du dir?". Ich musste an Edeltraud denken, ob sie sich auch was wünschte. Ich wollte ihr meine Puppe schenken. Siegward musste mir versprechen, sie zu ihr ins Krankenhaus zu bringen.

Doch zuerst spielte er mit meiner Puppe Fallschirmspringen. Er hatte sich einen kleinen Fallschirm gebastelt, an den er die Puppe band. Mit Schwung warf er Fallschirm und Puppe aus unserem Dachfenster in den Garten. Er rannte nach unten, kam freudestrahlend zurück und rief: „Absprung gelungen!" Nun geschah noch mal das Gleiche. Wieder Schwungholen und ab mit der Puppe in die Tiefe. Ich fuchtelte mit den Armen, schrie, doch schreien ohne Stimme?

Er hörte mich nicht. Ich sprang aus dem Bett, wollte ihn zurückhalten, als er seinen spitzen Wanderstock in der Hand hielt. Zu spät. Er lief nach unten, kam wieder in die Stube, hielt mir die Puppe entgegen. „Volltreffer!" sagte er. Wie ein Sieger stand er vor mir. Im Bauch der Puppe sah ich ein rundes Loch.

Ich weinte und trommelte auf ihn ein. Als er begriff, was er angerichtet hatte, reinigte er die Puppe. Wie durch ein Wunder war ihr Kleid nicht zerrissen und mit meinen beiden Zopfschleifen verbunden konnten wir die Puppe doch noch unserer Schwester schenken.

Am Morgen des Heiligen Abend übergab Mutter Siegward das letzte Geld, das sie noch besaß. Er machte es immer möglich, dass Mutter mit dem Geld auskam. Im Einkaufen war er ein Genie. So konnten wir hoffen, dass es ihm auch diesmal gelingen würde, Brot, Marmelade, vielleicht sogar etwas Fleisch zu ergattern.

Mutter musste wieder zur Arbeit. Weil Heiligabend ist, braucht sie nicht bis abends bleiben, sagte sie mir, und wenn was ist, solle ich Frau Zander rufen. Ich brauchte Frau Zander nicht rufen, sie kam, als sie mich husten hörte. Nach dem Anfall reichte sie mir eine Tasse mit Brühe. Wir warteten auf Siegward.

Er kam erst, als Mutter schon da war. Er trug ein riesiges Paket. Mutter fragte, ob das der Einkauf sei. Siegward nickte. „Pack aus!" befahl sie. Ihr Gesicht versprach nichts Gutes, sie ahnte, dass unter dem Packpapier nichts Essbares steckte. Siegward zog das Papier hoch. Wir erblickten eine Puppenstube mit vier kleinen Stuben. In einer stand ein Schuhkarton, vollgestopft mit kleinen Möbeln.

Ich wusste nicht, ob Mutter weinte oder lachte. Jetzt wird sie Siegward verhauen, dachte ich. Nichts geschah. Sie wandte sich ab, holte aus ihrer Tasche Bratenreste und sogar einige Scheiben Brot. Dann kam noch ein Topf mit Kascha zum Vorschein. Das muss nun über Weihnachten reichen, erklärte Mutter. Siegward stotterte: „Ich wollte ja nur –, Nette sollte auch –, weil sie schon so lange" –.

In diesem Augenblick war Frau Zander, ohne vorher anzuklopfen, ins Zimmer getreten. Mutter sagte manchmal, die Wirtin hat einen sechsten Sinn, der entgeht nichts. Ich fand das gut, sie kam zur rechten Zeit.

Sie bestaunte die schöne Puppenstube. Eine Puppenstube statt Brot und Fleisch, grollte Mutter. Mit einer Hand rüttelte sie Siegwards Schulter. Dann wärmte sie für uns die Kascha auf (Grütze mit Fett).

Am Nachmittag blieb ich alleine. Siegward und Mutter gingen zu Edeltraud ins Krankenhaus. Meine Puppe nahmen sie für sie mit. Zuvor hatte Mutter die Puppenstube auf einen Stuhl zu mir ans Bett gesetzt. Ich räumte die Möbel aus dem Karton in die Puppenstube ein. Zwei kleine Puppen fand ich dazwischen. Ich nannte sie Maren und Edelchen.

Beim Spielen verging der Nachmittag schnell, es war dunkel geworden. Ich wollte die Lampe einschalten – Stromsperre. So legte ich mich mit meinen kleinen Puppen ins Bett und schlief selig ein.

Mutter und Siegward kamen durchgefroren zurück. Der Ofen wurde nochmals angeheizt, und obwohl die Stromsperre zu Ende war, zündete Mutter eine Kerze an.

Ich bekam noch Holundertee zu trinken. Siegward hatte ihn aus der Apotheke geholt. Langsam leerte ich die Tasse. Mutter setzte sich zu mir ans Bett. Sie sagte: „Heute ist Weihnacht. Kommt, lasst uns beten. „Weihnacht", sagte ich und alle konnten es hören. Mutter drückte mich vor Freude an sich.

Trautchen kommt wieder

Kurz nach Weihnachten überraschte uns unsere Mutter mit der Nachricht: „Trautchen lernt stehen, wenn sie wieder gehen kann, fahren wir nach Mecklenburg."

Bis wir Edeltraud aus dem Krankenhaus abholen konnten, vergingen Wochen. Eine Operation war noch erforderlich. Die Sehnen im Schritt mussten verlängert werden, damit sie die Beine normal setzen konnte.

Bei einem unserer letzten Besuche im Krankenhaus bat Dr. Fischer meine Mutter um eine Unterredung. Von dem Tag an drängte sie auf die Entlassung unserer Kleinen. Sie schrieb an Tante Mia einen Brief, den sie uns vorlas. Da stand drin, dass Dr. Fischer Edeltraud adoptieren möchte und dass wir ganz schnell mit der Kleinen weg müssten.

Als in Frau Zanders Garten die Tulpen blühten, holten wir Edeltraud aus dem Krankenhaus. Frau Zander hatte zu diesem Tag einen ihrer Biber geopfert. Sie sagte, die Pelze würden sie sowieso nur schwer los. In der kleinen Biberfarm, die sie hatte, gab es nur noch wenige Tiere. Manche waren gestohlen worden, andere landeten im Kochtopf.

Frau Zander war immer freundlich zu uns. Mir fiel der Abschied schwer. Ich mochte die kleine Maren sehr. Oft habe ich auf sie aufgepasst. Ich fütterte sie mit Keks oder Brotbrei und gab ihr die Flasche. Nie hatte Frau Zander vergessen, mir auch etwas Essbares dazulassen. Mal war es ein Apfel, ein Stück Brot oder Zwieback.

Weinte Maren, dann sang ich ihr etwas vor. Doch am schnellsten beruhigte sie sich, wenn ich sie auf den Schoß nahm und ihr dabei etwas erzählte. Maren hatte von mir die ersten Worte gelernt. Mich rief sie Dette. Einige Tage musste ich auch noch auf meine Schwester aufpassen. Die Mädchen vertrugen sich. Bald verabschiedeten wir uns von Frau Zander und Maren.

Nachdem Trautchen fast zwei Jahre im Krankenhaus weilte, gehörte sie nun wieder zur Familie. Doch es war nicht einfach, eine Familie zu sein.

Mutter brauchte viel Zeit für unsere Kleine. Ihr seid schon groß, hieß es immer wieder. Und weil wir schon groß waren, trugen wir auch brav unsere Rucksäcke. Passten auch auf das Gepäck auf, als wir auf dem Oranienburger Bahnhof auf den Zug warteten, der uns nach Mecklenburg bringen sollte.

Wir mussten lange warten, bis wir es schafften, in einen Zug zu gelangen. Der Bahnsteig war mit Leuten belagert, die zum Hamstern auf das Land wollten, oder mit denen, die immer noch auf der Suche nach einer neuen Bleibe waren.

Kam der richtige Zug, so hieß es, wer schafft es bis in den Wagen, aufs Dach oder auf das Trittbrett. Meine Mutter hatte uns eingeschärft, wir müssen in ein Abteil, und dann immer zusammen bleiben, damit wir uns nicht verlieren. Trotz mehrmaligen Umsteigens verloren wir uns nicht.

Wieder in Mecklenburg

Am Abend kamen wir müde auf dem Bahnhof in Klein Plasten an. Von dort aus ging es zu Fuß nach Groß Plasten. Ich staunte, hier gab es keine zerschossenen oder zerbombten Häuser, und wir waren von hier vor dem Krieg geflohen.

Im Schloss erwarteten uns Tante Mia und ihre Familie. Sie bewohnten ein großes Zimmer mit Ausgang auf einen langen Balkon und Blick auf den See. „Kommt rein", hatte Tante Mia gesagt.

Komisch eingerichtet, dachte ich, als ich bemerkte, eine Zimmerhälfte zeigte nur den kahlen Parkettfußboden. Weshalb habt ihr dort nichts stehen, wollte ich fragen, da hörte ich aus dem Bett, das in der Ecke stand, eine Stimme: „Die halbe Stube ist für euch." Erschrocken drehte ich mich um, ich sah Omchen Gonschoreks faltiges Gesicht.

Wir begannen uns einzurichten. Zuerst musste Stroh für die Strohsäcke besorgt werden. Dafür versprach Mutter dem Bauern beim Dreschen zu helfen. Als Mutter die Federbetten aus der Kiste bei Frau Lehmbeck holen wollte, waren die weg. Frau Lehmbeck war entsetzt. Sie schwor, sich nicht an der Kiste vergriffen zu haben.

Irgendwoher hatten Erich und mein Bruder zwei Stühle und zwei Hocker organisiert. Sie sagten, die wären nicht geklaut. Mutter erhielt als Lohn für das Nähen eines Mantels aus einer Militärdecke einen Tisch, und nach und nach wurden zwei Wohnungen aus dem Zimmer.

Nur mit dem Kochen gab es Schwierigkeiten. Eine Woche sollten wir mittags warm essen, die andere Woche Tante Mias Familie. So hatten sich die beiden Frauen das gedacht, doch da haben sie nicht mit Omchen und uns Kindern gerechnet, wir verlangten täglich warmes Mittagessen. Es gab den ersten Krach, und er endete damit, dass es nun öfter Kartoffelsuppe oder Pellkartoffeln gab, das ließ sich beides leicht aufwärmen.

So stand fast immer ein Topf mit Essen auf dem Balkon. Manchmal war er auch leer. Keiner wusste, wohin die Suppe oder Kartoffeln verschwunden waren. „Ach, Jottchen, ach Jottchen", jammerte Tante Mia dann, und sie sah zuerst die beiden Jungen mit zusammengekniffenen Augen an, dann etwas milder Christel und mich. Nur meine kleine Schwester blieb von den bösen Blicken verschont. Meistens waren wir uns keiner Schuld bewusst. „Muss geklaut worden sein", meinte Christel.

Während der Sommermonate konnten wir das gemeinsame Wohnen ertragen, doch als die Tage kürzer wurden und die Familien sich mehr und mehr im Haus aufhalten mussten, kriselte es wieder.

Ganz schlimm wurde es beim Backen der Weihnachtskekse. Mutter war nicht zur rechten Zeit fertig geworden, und Tante Mia wartete schon mit ihrem Blech voller Pfefferkuchen. Sie schimpfte Mutter eine faule Pute. An diesem Abend haben sie auch wieder polnisch gesprochen, wenn man so ein Gekeife überhaupt sprechen nennen darf.

Nachher umarmten sie sich und weinten. Am nächsten Morgen wischten Christel und ich jede in ihrer Wohnung auf, wobei wir bestrebt waren, genau die Mitte einzuhalten, ja nicht eine Handbreit darüber zu wischen. Omchen murmelte dann aus ihrem Bett heraus: „Auch unter den Strohsäcken wischen", was wir jedoch nicht taten, aber unter ihr Bett krochen wir beide und wischten und wischten, spülten sogar ihren weißen Emaille-Nachttopf, doch schon bald kam wieder ein gewisser Geruch aus der Ecke.

Omchen lag fast nur noch im Bett, nur manchmal setzte sie sich zum Mittagessen an den Tisch, oder sie schlurfte, sich auf zwei Stöcke stützend, auf den Balkon, um eine Weile im Freien zu sitzen. Einmal, als Christel und ich auf ihrem Bettrand saßen und sie uns zeigte, wie wir Strohsterne für den Weihnachtsbaum flechten mussten, wurde mir übel. Ich musste raus laufen, um frische Luft zu atmen.

O du fröhliche

Zum Heiligabend hatten wir Kinder für Omchen einen neuen Strohsack gestopft. Mutter schenkte ihr eine warme Decke, Tante Mia dazu einen blaukarierten Bezug. Was sie dafür wohl wieder gegeben hatten? Jedenfalls fehlte schon seit einiger Zeit in unserem Wäschekorb die Tafeldecke mit der Lochstickerei.

Ich sollte nicht schnüffeln, und es ging mich gar nichts an, was sie mit unseren Sachen machte, war die Reaktion meiner Mutter auf meine Frage. Ich glaube, diese Decke ist mir bei einer Hochzeit als Brautkleid wieder begegnet. Der Kragen, die Ärmelbündchen und das gleiche Lochmuster über dem Rocksaum erinnerten mich an unsere Tafeldecke. Sie war eines von wenigen Stücken, die in der Kiste bei Frau Lehmbeck geblieben waren.

Übrigens, am Heiligen Abend trug ein Engel dieses Deckenkleid. Er stand beim Krippenspiel, beleuchtet vom Kerzenschein, dicht neben dem Altar, das Kleid rauschte mit dem Saum auf dem roten Ziegelfußboden. Ich war in Sorge, der kleine Engel könnte beim Gehen sich in dem langen Kleid verheddern und fallen.

Schon einmal hatte ich einen Engel in diesem Kleid gesehen. Es war Nacht, er stand dicht an meinem Strohsack, schaute auf mich herab. Er hatte Mutters Gesichtszüge und sogar dunkle Haare wie Mutter, nur waren sie nicht zu einem Knoten geflochten, sondern fielen lose auf die Schultern. Wunderschön war der Engel, er lächelte mich an. Zwei Kerzen leuchteten hinter ihm. Am Morgen war nichts mehr von Engel und Kleid zu sehen, nur zwei Kerzenstummel und einige weiße Fäden fand ich auf unserem Tisch.

Ich hatte vergessen, dass ich in der Kirche saß. „Stille Nacht, heilige Nacht", klang es neben mir, ich vernahm nun deutlich die warme, etwas gedämpfte Stimme meiner Mutter und dann auch das hell klingende „Chor der Engel erwacht" von Tante Mia und Christel.

Ich brachte keinen Ton heraus. Als wir zu Hause waren und jede Familie vor ihrem Weihnachtsbaum stand, sangen wir: „O du fröhliche". Nachher gab es noch Tränen, mein Ring, den Mutter mir unter den Weihnachtsbaum gelegt hatte, war verschwunden. Alle haben wir ihn gesucht, auch Omchen wühlte in ihrem Bett, doch überall nichts. Argwöhnisch sah ich oft auf Christels Hände, sie liebte Schmuck über alles.

Wir waren jetzt keine richtigen Freundinnen mehr. Freundinnen müssen sich besuchen können, was sollten wir uns erzählen, jede sah und wusste, was die andere gerade tat und worüber sie traurig war oder lachte. Aber an diesem Weihnachtsfest haben wir uns dann doch noch besucht.

Herrlicher Duft von Kartoffelkuchen mit saurer Sahne und Speck hatte den Raum erfüllt. Wir haben alle Stühle um Reinerts Tisch gestellt, und ich konnte es kaum erwarten, bis Tante Mia den Kuchen aus der großen schwarzen Pfanne schnitt.

Nach dem Essen zauberte sie eine kleine Flasche aus ihrem Kleiderschrank. „Selbstgebrannter", sagte sie und schenkte sich und meiner Mutter davon in kleine Gläser ein. Sie prosteten sich zu. „Frohe Weihnacht", sagte Omchen und roch an der Flasche. Zwei- oder dreimal füllte Tante Mia noch die Gläser. Sie und Mutter schüttelten sich jedes Mal nach dem Trinken. Dann sangen sie und tanzten beide. Auch Christel und ich fassten uns an den Händen, wiegten uns nach einer Musik, die in uns war. Unsere Brüder spielten irgendein Kartenspiel, ich mochte Kartenspiele nicht.

Bevor ich mich am späten Abend neben meine Schwester zum Schlafen hinlegte, strich ich noch mal über das Bild meines Vaters. Jedes Jahr zu Weihnachten stellte Mutter sein Foto in die Nähe des Tannenbaumes.

Mein Vater hatte am 26.Dezember Geburtstag. Wie schon oft, weckte mich in der Nacht leises Weinen. Manchmal weinte eine der Frauen ihren Kummer in die Kissen. Tags wollten sie stark sein. Wir Kinder sollten nichts merken, sollten die gefallenen Väter nicht vermissen.

Am zweiten Feiertag rückten wir schon zum Mittag alle Stühle in unsere Wohnseite und stellten die Tische zusammen. Mutter hatte eine gefüllte Ente aufgetragen, und Erich und mein Bruder überraschten uns mit gebratenen Spatzen. „Pfui Deubel", hatte Omchen erschrocken gerufen. Von den Spatzen nahm sie nichts, auch meine Schwester rührte nichts davon an. Die Kleine bekam eine Portion Holunderpudding extra.

Nach dem Essen gingen wir alle auf die Terrasse, sahen auf den See, er war fast zugefroren. Über dem Schilf lugten einige bunte Mützen. Uns hielt nichts mehr, wir stürmten hinunter zum See. Ich sah noch mal hoch, da standen meine Mutter und Tante Mia, zwischen sich hielten sie meine Schwester. Wie schön sie aussahen, die beiden Frauen in ihren schwarzen Kleidern mit weißen Häkelkragen. Wie Schwestern standen sie da.

Ich fand, es müsste noch viel länger Weihnachten sein. Mutter brauchte nicht zur Arbeit in den Schweinestall, nicht dass die Schweine geschlachtet worden wären, nein, nur ein junger Mann aus dem Dorf hatte Weihnachten Mutters Arbeit übernommen. Überhaupt war Weihnachten schön, Mutter und Tante Mia stritten nicht, auch wir Kinder hielten Frieden und es gab sogar Fleisch zu essen.

Tante Mia wollte und wollte einfach nicht ihren Weihnachtsbaum abschmücken. Willst ihn wohl bis Ostern stehen lassen, foppte meine Mutter sie. Vielleicht wollte sie nur den weihnachtlichen Frieden verlängern.

Es wurde immer schwieriger. Sangen Christel oder Tante Mia und wollte mein Bruder gerade lernen, verbot er sich das Katzengejammer. Mir schnarchte Omchen zu laut, und nähte meine Mutter in der Nacht, schimpfte Tante Mia über die Nachteule.

Immer noch stand Tante Mias Weihnachtsbaum, auch noch, als uns Ende Januar der Bürgermeister einen Besuch abstattete. „Recht ordentlich", meinte er, als er Tante Mias Selbstgebrannten trank.

Ich wusste nicht, ob er den Schnaps meinte, unsere Wohnung oder die beiden Frauen. Jedenfalls bekamen wir nach diesem Besuch im anderen Schlossflügel ein eigenes Zimmer.

Als wir unsere letzte Habe rüber trugen, nahm Erich den Steintopf mit dem nadelnden Baum und stellte ihn auf den Balkon. Tante Mia fegte hinter ihm auf. Leise sang sie: „O du fröhliche". Auch Mutter schien mir an diesem Tag verändert, so zwischen Lachen und Weinen, manchmal wischte sie mit dem Schürzenzipfel über die Augen.

Alltag in Groß Plasten

Als ich ein kleines Mädchen war, hatte ich den Wunsch, einmal in einem Schloss zu Besuch zu sein. Nun lebte ich in einem Schloss, doch hier gab es nicht einmal mehr die Herrschaft. Die lag im Park begraben. Sie hatten sich, als die Russen einmarschierten, das Leben genommen. Die Leute im Dorf erzählten, auch den Hund hätten sie mit in den Tod genommen.

Oft bin ich an dem Grab vorbeigegangen. Im Frühling und im Sommer hielt ich mich gerne im Park auf. Ich fand es schön, wenn die kleinen blauen Sternblumen und die gelben Narzissen blühten.

Niemand verbot uns jetzt, in den Park zu gehen. Ich holte dort sogar Futter für die Kaninchen, die mein Bruder in einer Buchte hielt. Bald kamen noch zwei Ziegen dazu. Und ohne jemanden zu fragen, hütete ich sie im Park.

Die Flüchtlinge aus Ostpreußen und die Flüchtlinge aus Schlesien unterschieden sich nicht sehr. Alle waren bestrebt, sich so gut es geht einzurichten. Niemand wusste, für wie lange. Die Dorfbewohner hatten sich an die Flüchtlinge gewöhnt. Man musste miteinander auskommen.

Eines Tages holzten sie gemeinsam hinter dem Schloss die schönen Rosensträucher und mehrere Bäume ab. Sportplatz nannten sie die freie Fläche. Dort wurde Fußball gespielt. Die jungen Burschen veranstalteten Wettspiele, Tauziehen und anderes. Bei Kinderfesten gehörten der Platz und der Park uns Kindern. Sackhüpfen war ganz beliebt. Kleine Preise wurden von allen Einwohnern spendiert, die beliebtesten waren Bleistifte, Radiergummis oder ein Stück Kuchen.

Seit wir in Groß Plasten lebten, gingen mein Bruder und ich wieder zu Schule. Unsere Lehrerin hieß Marie Lesch. Ihr graues Haar trug sie kurz geschnitten. Sie liebte bunte gestrickte Westen, die sie im Sommer und im Winter trug und manchmal auf links. Wir nannten sie unsere Miss Lesch.

Miss Lesch war es, die mich zu den Erstklässlern setzte. Sie schaffte es, dass ich schon nach einigen Wochen in die zweite Klasse durfte. Am 30. Juli 1947 erhielt ich ein Zeugnis mit dem Hinweis, Annette muss wieder regelmäßig die Schule besuchen.

Mit den Zensuren konnten Mutter und ich aber zufrieden sein, denn zwei volle Jahre hatten mein Bruder und ich keine Schule besucht. In der dritten Klasse hatte ich immer noch Probleme mit dem Lesen. Miss wusste, ich liebte Märchen. Sie lieh mir ein Märchenbuch. Ich durfte die Märchen in der Klasse nacherzählen. So lernte ich das Lesen.

Ich nahm am freiwilligen Englischunterricht teil. Aus der 4. kam ich gleich in die 6. Klasse. Deshalb musste ich die Schule wechseln. Täglich ging es nun zu Fuß durch den Park, über die Wiesen, nach Klein Plasten zur Schule. Einige Kinder benutzten Fahrräder für den Schulweg. Die Jungen schlossen sich zu kleinen Gruppen zusammen. Mädchen duldeten sie nur selten neben sich. Ich musste oft alleine gehen, weil ich meine Schwester noch im Spielzimmer abgeben musste.

Die einsamen Schulwege machten mir Angst. Oft lief ich durch die Wiesen, es hieß, es gäbe dort Kreuzottern. Schon ein Rascheln im Gras versetzte mich in Panik, obwohl es mitunter nur eine harmlose Blindschleiche war. Vom Laufen und der Angst schlug mir das Herz so rasch, dass ich mich in der Schule zuerst gar nicht konzentrieren konnte. Der Lehrer ermahnte mich, mich doch in Zukunft etwas eher auf den Schulweg zu begeben. Doch ich kam noch oft zu spät.

Außer dem Unterricht in der Schule hatten wir in Groß Plasten noch ein anderes Leben, denn es hieß, wer essen will, muss auch arbeiten. Mein Bruder ging nach dem Unterricht zu den Bauern auf die Felder, ich manchmal auch. Ich sammelte Steine vom Feld, buddelte Kartoffeln, half in der Gärtnerei und ging hin und wieder mit Mamsell zu ihren Verwandten über die Dörfer. Außerdem musste ich Gänse hüten. Immer gab es dafür etwas, Brot, Milch oder Korn. Das Korn vermehrten wir, indem wir noch auf den Feldern Ähren sammelten.

Gänsenette, so hänselten mich die Kinder. Das ließ ich mir gefallen, doch sobald mir einer zu nahe kam, wehrte ich mich. So bekam ich Ruhe vor den Neckereien der Jungen und durfte sogar mit ihnen Verstecken spielen. Dadurch handelte ich mir Ärger mit Mutter ein. Sie liebte keine vom Klettern zerrissenen Strümpfe und Kleider. Und manchmal brachte ein zerrissener Strumpf mir eine Backpfeife ein.

Ich hatte mich mit zwei schlesischen Mädchen angefreundet. Sie hießen Elsbeth und Inge. Manchmal kamen sie zu mir auf die Wiese und halfen mir beim Gänsehüten. Zu dritt war es einfacher, das Federvieh auf der Wiese zu halten.

Inge hustete sehr. Einmal bekamen Elsbeth und ich Angst, dass sie ersticken könnte. Wir achteten nicht mehr auf die Gänse und brachten Inge heim. Von dem Tag an blieb Inge im Bett. Im Herbst lag sie in einem hellen Brettersarg aufgebahrt in der Kirche. Ihr Gesicht war so schmal und weiß. Sie sah hübsch aus, wie sie da so unbeweglich in ihrem roten Kleid lag. In ihren gefalteten Händen steckte ein Myrtenzweig. Erst als der Sargdeckel aufgesetzt wurde, begriff ich richtig, was geschehen war.

Ich bekam plötzlich Angst vor Inges Krankheit – Tuberkulose – ich hustete auch wieder. Aus der Schule wurde ich nach Hause geschickt, weil ich den Unterricht dadurch störte. Wieder mal hatte ich unfreiwillig schulfrei.

Ich musste nach Waren zum Arzt. Keine Tuberkulose, doch Lunge und Bronchien entzündet. Mutter war froh, dass es nichts Schlimmes war. Sie stopfte mich voll mit einem bitteren Pulver, das fast so eklig schmeckte wie die Hefesuppe in Oranienburg. Holundertee, Holundersuppe, Holundermarmelade, stand auf unserem Speiseplan. Ich konnte Holder nicht mehr riechen.

Von irgendwoher hatte Mutter Lebertran aufgetrieben. Er schmeckte so unangenehm wie er roch. Da war mir die Fischsuppe aus Karauschen lieber. Siegward hatte sich einen Drahtkorb zur Fischreuse umfunktioniert und mit ihm im Dorfteich Karauschen gefangen. Außerdem angelte er im See Plötzen und andere Fische. Nur gut, dass es neben Holunderspeisen auch mal zur Abwechslung Pellkartoffeln, Kohlrüben, Kohl und manchmal auch Brennnessel- und Meldespinat gab.

Als es mir wieder gut ging, lud Mamsell mich öfter zu sich ein. Zuerst erschien mir ihr schmales Zimmer dunkel. Und wenn bei Stromsperre nur eine Kerze auf dem Tisch stand, dann schien es mir, als huschten Schatten über die weißen Wände. Bald aber gefiel es mir bei Mamsell so gut, dass ich gerne zu ihr ging.

Mamsells Augen waren sehr schwach, deshalb bat sie manchmal um Hilfe. Ich half ihr beim Strümpfestopfen, Wäschewaschen und Fußbodenwischen. Dafür lehrte sie mich Strümpfe stricken und wie man Kartoffelmehl aus geriebenen Kartoffeln herstellt. Sie schmierte mir Schmalzstullen und bestreute sie mit Zucker.

Als Mutter einmal im Krankenhaus zu einer Operation war, gab Mamsell mir Ratschläge, wie was zu kochen sei. Ich hatte Erbsensuppe mit Essig abgeschmeckt, die wurde von meinen Geschwistern abgelehnt. „Min Deern", dat möst du di marken, Arften wull inwecht warn, aber suar se nich wädder", hatte Mamsell mir erklärt.

Wir waren umgezogen, vom Schloss ins Wirtschaftshaus. Dort bewohnten wir zwei gegenüberliegende Räume gleich am Eingang des Hauses. Sie hatten helle große Fenster. Die Bettgestelle, die Mutter von einem Gebrauchtwarenhändler kaufte, mussten wir erst säubern. Sie stanken. In den Ritzen saßen noch Wanzen.

Nach und nach sahen unsere Zimmer wirklich wie eine Wohnung aus. Pelargonien blühten auf den Fensterbrettern, und weiße Scheibengardinen versperrten die Einsicht.

Wir Kinder spielten gerne am Hauseingang. Die Frauen lehnten manchmal an der gemauerten Treppenbrüstung und unterhielten sich. Ungewollt konnten wir in unseren Zimmern manches Gespräch mithören. Wir erfuhren viel, wohnten doch acht Familien im Haus.

So hörte ich sie auch erzählen, dass der alten Frau Teler die Finger abfaulen, weil sie von meiner Mutter verflucht sei. Mutter hatte tatsächlich einen Fluch ausgesprochen, und zwar im Zorn, als sie die Federbetten nicht mehr in der Kiste vorfand. Und als sie wusste, wer sie gestohlen hatte und es um die Rückgabe ging, noch einen zweiten.

Mutter wurden unter vorgehaltener Hand besondere Kräfte zugesprochen. Das mag wohl auch daran gelegen haben, dass sie für manches junge Mädchen im Dorf die Liebesbriefe schrieb oder für Schriftunsichere Briefe an Ämter verfasste. Außerdem legte sie noch Karten.

Eines Tages ist Frau Teler zu meiner Mutter gekommen. Die Finger sahen wirklich schlimm aus. Wie die beiden einig geworden sind, weiß ich nicht. Jedenfalls gab Mutter von unserer getrockneten Kamille ab, und empfahl, die kranke Hand in einem Kamillensud zu baden. Frau Telers Finger heilten wieder, weil Mutter den Fluch zurückgenommen hatte.

Nun wurde Mutter an manches Krankenbett gerufen, nur sich selber konnte sie nicht helfen. Sie war oft krank. Sie aß sehr wenig. Ich glaube, das tat sie nicht, weil sie keinen Hunger hatte, sondern damit wir Kinder etwas mehr auf den Teller bekamen. Doch das begriff ich erst viel später.

Es war ein Tag vor meinem zwölften Geburtstag. Ich saß neben Mutters Bett und schälte Kartoffeln. Mutter hielt die Augen geschlossen. Plötzlich fragte sie: „Wer spielt da, geh und sieh nach."

Ich bin den Tönen nachgegangen. Am Giebel sah ich einen großen, hageren Mann Geige spielen. Er trug einen schwarzen Anzug. Kinder standen um ihn herum. Auf der Bank saßen Mamsell und der blinde Heimkehrer. Aufmerksam hörten sie zu. Als der Mann die Geige einpacken wollte, baten sie ihn noch um das Lied „Am Brunnen vor dem Tore." Er spielte es. Begeistert klatschten wir in die Hände.

Mamsell bat ihn zu warten. In einer Schürze trug sie Kartoffeln herbei. Der Mann verstaute die Kartoffeln in einem Rucksack. Ich bat den Musiker, auch für meine kranke Mutter zu spielen. Wie vor einer Gräfin hatte er sich vor ihr verneigt. Er legte die Geige ans Kinn und zauberte weiche, warme Töne in das Zimmer.

Meine Mutter schien zu träumen. Auch ich lauschte damals gebannt den unbekannten Tönen. Nachher kochte ich Gerstenkaffee und schmierte Sirup auf Stullen. Dann saßen wir am Tisch und aßen das Brot.

Dass er aus Berlin sei, hatte er erzählt, und dass er drei Töchter habe, eine sei so groß wie ich und die sei zwölf Jahre. „Und wie alt bist du?", so hatte er gefragt. Ich erwiderte: „Morgen bin ich auch zwölf Jahre alt." Er bedauerte, dass er mir nichts schenken könnte. „Wenn du magst, spiele ich dir ein Lied", hatte er gesagt. Ich bat um die verklungene Melodie. Es war mein einziges Geburtstagsgeschenk. Es klang wunderschön, noch heute erinnere ich mich dieser Melodie und an den warmen Oktobertag.

Sirup kochen

Mutter erholte sich nur langsam von der Operation. Sie durfte wochenlang nichts heben, deshalb konnte sie nicht zur Arbeit gehen, auch nicht auf die Felder zum Kartoffelnachlesen oder zum Zuckerrübenernten.

Siegward und ich aber halfen beim Bürgermeister und beim Bauern Lemke bei der Kartoffel- und Rübenernte. Wir suchten auch noch auf den frisch gepflügten Äckern Kartoffeln nach und sammelten jede Zuckerrübe auf, die während der Einbringung vom Wagen gefallen war. Wir liefen regelrecht den Fuhrwerken hinter her, wenn sie auf dem Weg zur Zuckerfabrik durch Groß Plasten fuhren.

Nach und nach füllte sich unsere im Keller für die Rüben bereitstehende Kiepe. Als Lohn für die Mithilfe bei der Rübenernte fuhr uns Bauer Lemke auch noch mindestens zwei Zentner dieser Exemplare an. Als Bürgermeister Klar und seine Tochter Traute Mutter einen Krankenbesuch abstatteten, kamen noch zwei große Kiepen dazu. "Loat de Deern man Sirup kooken, du schon di man noch", sagte Klar zum Abschied.

Alle, die Mutter besuchten, waren sehr besorgt, fast jeder sprach zu ihr die gleichen Worte vom Schonen. Traute Klar erklärte mir einige Tage später, warum Mutter sich nicht anstrengen durfte. Sie sagte: "Deine Mutter hatte Krebs. Das ist, als hat man einen Krebs im Bauch, der zwickt und zwackt und frisst alles darin kaputt. Holt man ihn zeitig genug raus, dann wird es wieder gut, nur schonen muss man sich danach noch lange." Ich hatte noch nie von dieser Krankheit gehört, die Krebs hieß.

Das Zwicken im Leib stellte ich mir schlimm vor. Ich fror, wenn ich nur daran dachte und ich achtete nun auf meinen Bauch, ob es darin wohl zwicke.

Ich spürte in ihm ein Rumoren, das ich aber kannte. Es ließ sich rasch durch einen Teller Suppe, eine Pellkartoffel oder eine Sirupstulle beheben. War ich froh, ein Krebs saß da nicht drin. Ich schabte den letzten Sirup aus der Kanne und bestrich mir damit eine Scheibe Brot.

Die Waschküche in unserem Haus (ehemaliges Wirtschaftshaus der Schlossherrschaft) verwandelte sich in jedem November bis in den Dezember in eine Zuckerrübensirup-Kochküche. Jede im Haus lebende Familie und auch andere aus dem Schloss kochten hier ihren Sirup. Auch Siegward und ich mussten innerhalb von zwei Tagen unsere Rüben verarbeiten.

Gemeinsam wuschen wir sie, dämpften sie im Waschkessel und zerstießen sie in einer Holzwanne. Beim Auspressen der Rüben füllte ich nur den Papps, wie Siegward es nannte, in die große gusseiserne Presse. Siegward drehte mit beiden Händen die Handspindel. Zwischendurch legte er eine kleine Pause ein, um dann die Rüben wieder zu pressen, bis sich sein Gesicht vor Anstrengung rot verfärbte und ihm Schweißperlen von der Stirn tropften. Die Rübenreste prüfte er nach jedem Pressvorgang in der Faust. "Wie Stroh", sagte er dann und zeigte mir den Rübenpapps.

Nun begann meine Arbeit. Siegward war beim Feuerholzbeschaffen sehr fleißig gewesen. Ich weiß nicht, woher er die dicken knorrigen Kloben hatte, jedenfalls brannten sie hervorragend und ich musste darauf achten, dass das Feuer unter dem Kessel keine zu starke Hitze entwickelte. Der Rübensaft durfte nur leicht köcheln. "Wehe, wenn du ihn anbrennen lässt", gab Siegward mir mit auf den Weg, als ich rasch zur Mutter gelaufen war. Ich blieb also lieber in der Waschküche und rührte mit einer riesigen Holzkelle im Waschkessel den graubraunen Rübensaft.

Manchmal kam Trautchen zu mir, brachte eine Tasse Tee oder Holundersaft, denn die Wärme machte mich durstig. Mit einem Löffel kratzte ich vom Kesselrand den sich ansetzenden Sirupschaum, und meine Schwester schleckte ihn ab.

Einige Male guckten auch ihre Freundin Monika Ziegler, mein Schulfreund Erich Reinert und seine Schwester Christel zu mir in die Waschküche. Christel löste mich eine Weile am Kessel ab. Sie naschten alle vom noch unfertigen Sirup, dann sangen wir Lieder.

Für Trautchen und Monika sangen wir „Fuchs du hast die Gans gestohlen" und „Lüttmatten de Has". Dann begann Christel mit ihrer warmen Stimme das Lied „Mariechen saß weinend im Garten". Wir verstummten und hörten ihr zu.

Ich war den Tränen nahe, so sehr erinnerte ich mich dabei an die Abende in Dreifelde. Als noch mehr Kinder in die Waschküche kamen und jemand unser damaliges Lieblingslied anstimmte, verließ mich die Traurigkeit. Ich sang mit voller Kehle, nicht schön, aber dafür laut: "Mitschurin hat festgestellt, das Marmelade Fett enthält, auf der nächsten Fettdekade, gibt es wieder Marmelade". Dieses Lied hatte verschiedene Texte, und Mitschurin, ein russischer Biologe, erhielt dabei von uns sein Fett weg. Christel Reinert kannte noch eine andere Strophe und sang: "Mitschurin hat festgestellt, dass sogar Sirup Fett enthält, damit sich auch der kleine Mann einmal ein Fettbrot leisten kann".

Ich jedenfalls war froh, den fertigen Sirup spät in der Nacht in die Kanne füllen zu können. Mutter war zu mir in die Waschküche gekommen und half mir dabei. Sie verschloss die Waschküchentür und nahm mich an die Hand, drückte sie sanft und meinte: "Dieser Sirup reicht bis zur nächsten Rübenernte." Was ich schon am nächsten Tag zu bezweifeln begann, denn Mutter verschenkte gleich ein Einweckglas voll an Tante Mia und ich brachte ein volles Schüsselchen zu Mamsell Hamann. Die lachte mich an und sagte: „Watt du all kannst!"

Bei Lemkes in der Kate wird gefeiert

Das Kopfsteinpflaster der Straße in Groß Plasten war holprig, daneben der Sommerweg zerfahren. Die Kastanienbäume hingen ihre Zweige tief über ihn. Die Tagelöhnerkaten duckten sich unter bemoosten Dächern.

In einer dieser Katen feierte die Tochter des ehemaligen Tagelöhners Lemke Hochzeit. Sie hatte sich Heinz Preis, einen Flüchtling aus Breslau, zum Liebsten erwählt. Heinz besaß kaum Kenntnis von der Arbeit eines Bauern, verstand sich aber auf Technik wie kein anderer im Dorf, und so war Ursels Vater mit der Wahl einverstanden.

Für Ursels großen Tag wurde lange gespart. Am Hochzeitstag durchzogen verlockende Düfte die Räume der Kate. Die Brautmutter und meine Mutter hatten nicht nur falschen Hasen geschmort, sie bereiteten auch ein köstliches Frikassee. Dafür mussten einige von Lemkes Hühnern das Leben lassen. Ich hielt mich an diesem Festtag meistens in der kleinen Küche auf, half beim Abwasch und naschte vom Braten und Kuchen mit süßer Creme.

Der Pastor war, mit einem Rucksack auf dem Rücken, auch zur Hochzeit gekommen. In der Kate stieß er sich an einem Deckenbalken den Kopf. Heinz musste lachen. „Ja, ja Herr Pastor, unser Himmel hängt tief, dadurch sind wir dem lieben Gott näher", hatte er scherzend gesagt.

Der Pastor wünschte dem Brautpaar viel Glück, reichen Kinder- und Gottessegen. Angesichts der vielen leckeren Speisen auf dem Tisch verschlug es wohl dem sonst so wortgewaltigen Prediger die Sprache. Lustig vor sich hin summend ist er am späten Nachmittag aus dem Dorf gegangen. Sein Rucksack hing prall gefüllt mit Wurst in Gläsern, Bratenresten, gekochten Eiern und Kuchen auf seinem Rücken.

Bei allen Feierlichkeiten war es üblich, den Pastor mit Nahrungsmitteln zu beschenken. Wartete doch eine große Kinderschar auf die Rückkehr ihres Vaters, der durchs Predigen allein diese Schar nicht satt bekam. Heinz Preis hatte dem frommen Mann noch eine kleine Flasche Selbstgebrannten in den Rucksack gesteckt. „Der wird Augen machen", hatte er gesagt und seiner Ursel dabei zugezwinkert.

Ursel, ich nannte sie Uschi, war eine hübsche Braut. Ihre braunen Locken schmückte eine Schleierkrone. Ihr weißes Spitzenkleid ließ sie für mich zu einer Prinzessin werden. Ich mochte Uschi schon immer. Ich hütete für ihre Eltern Gänse. Uschi gab mir meinen Lohn dafür. Sie reichte mir die Kanne mit Milch, einen Beutel Mehl oder Korn und oft eine Schmalzstulle extra. Ich wünschte mir manchmal, auch so schön, gut und freundlich zu werden wie sie.

Ich fand, Uschi und Heinz seien das schönste Paar, das ich je kennenlernte. Sie passten gut zusammen, die stille freundliche Ursel und der immer zu Scherzen aufgelegte Heinz. So müssen auch alle Dorfbewohner gedacht haben, denn viele kamen zum Gratulieren, und jeder brachte etwas Brauchbares mit. Suppenkellen, Tassen, Töpfe, Handtücher, sogar Babywäsche und vieles mehr stapelte ich in einem Wäschekorb übereinander, als im Wohnzimmer Platz zum Schleierabtanzen gebraucht wurde.

Herr Romann, unser Postbote, spielte auf dem Akkordeon. Einige Gäste fassten an den Schleier, hoben ihn hoch, zerrissen ihn aber nicht, dazu war er viel zu kostbar. Vorsichtig löste eine der Brautjungfern die Schleierkrone von Ursels braunen Haaren. Alle klatschten.

Ursel stand befangen da und sah ihren Heinz an. Herr Romann spielte noch einen Tusch, dann schob er sein Akkordeon zusammen. Die plötzliche Stille ließ alle verstummen, doch Heinz fand die Worte wieder. Er sang mit voller Stimme: Brot ist knapp, Brot ist knapp, Romann hat kein Brot im Schab. Alle stimmten in den Gesang ein und Herr Romann griff noch mal in die Tasten.

Ab dem nächsten Morgen galt für fast alle Hochzeitsgäste und das Paar wieder das Motto: Brot ist knapp. Trotzdem, bei Lemkes habe ich noch manche Schmalzstulle erhalten, die mir genau so gut schmeckte wie damals die Hochzeitstorte.

Hühner können fliegen

Den Beweis dafür erbrachte meine Mutter. Es begann damit, dass sie jungen Mädchen, Frauen und männlichen Wesen Faschingskostüme nähte. Das war eine recht zeitraubende Angelegenheit, denn bis spät in die Nacht saß sie an der Nähmaschine und arbeitete.

Mir hatte sie beizeiten beigebracht, wie Rüschen gefädelt und Papierrosen aus Krepppapier geformt werden. So saß ich manche Abendstunde, fädelte und fädelte. Unter meinen Händen entstanden die seltsamsten „Damenhüte". Manchmal fand ich sogar Spaß daran, brachte es uns doch etwas ein: einen Beutel Roggen, einen vollen Korb Kartoffeln, und wenn wir für jemanden aus einer Altbauernfamilie schneiderten, konnte der Lohn sogar eine Gans sein. Oft aber erhielten wir nichts.

Absonderlich empfand ich aber Mutters Wunsch nach Federn des demnächst geschlachteten Huhns. Sogar als sie einmal für eine junge Frau die Karten legte und diese ihr kein Markstück unter die Zierdecke auf den Tisch schob und auch nichts Anderes als Dankeschön mitgebracht hatte und sich verlegen entschuldigte, sagte Mutter: „Das macht nichts, bringen sie mir die Federn vom nächsten Suppenhuhn."

Es war schon eine Plage mit ihrem Kartenlegen - und nun noch der Tick mit dem Federvieh. Nicht, dass sie schon wieder irgendeinen Hokuspokus ausbrütete, an den sie dann womöglich glaubte.

Wir Kinder hatten kein Vertrauen zu ihren Karten. Hörten wir doch, wie manches Mädchen unserer Mutter ihre Lebensgeschichte erzählte. Da war es leicht weiszusagen. Übrigens hat Mutters fauler Zauber uns oft geholfen, die Mägen zu füllen. Wir waren froh auch über das kleinste Stück Speck. Welcher Flüchtling wäre damals nicht dankbar für solche Gaben gewesen?

Der Bürgermeister des Dorfes ließ sich auch von Mutter die Zukunft voraussagen. Bei der Gelegenheit hinterließ er einen alten Gehrock und einen durchlöcherten Zylinder zur Reparatur. Als er gegangen war, sagte Mutter: „Pfui Deibel, da sind ja noch die Motten drin, Nette hol die Kleiderbürste."

Wir hatten bis zum Maskenball Paradestücke daraus gemacht, und unser lieber Bürgermeister trug diese dann auch mit Würde. Er stolzierte wie ein Graf durch den Saal. Ich glaube, nur Mutter und ich wussten, wer der stolze Herr war, der die schönsten „Masken" zum Tanz bat. Eine hübsche Blondine, deren Locken sich unter einem rosenverzierten Schutenhut hervorkringelten und deren weißes Tüllgardinenkleid das schönste der Maskerade war, hatte es ihm besonders angetan. Sie schmiegte sich in seine Arme. Meine Mutter tuschelte manchmal mit dieser Schönen.

Nur mein Bruder und ich wussten, welche Verkleidung unsere Mutter trug. Vielleicht errieten es auch einige Federviehbesitzer. Jedenfalls haben wir in mühevoller Kleinarbeit auf einem aus alten Laken genähten Kostüm mit Kleister aus Mehlresten, die sich Mutter beim Müller vom Fußboden zusammengefegt hatte, und irgendwelchem anderen Zeug ein Hühnerfederchen auf das andere geklebt. Sogar der Kamm war uns gelungen.

Es war das schönste, aber auch das verrückteste Huhn, das ich je sah. Es setzte sich zwischen die Musiker, gackerte perfekt und legte auf der Bühne ein Ei. Dem Bürgermeister versuchte es eins unter seinen Zylinder zu legen. Das Ei fiel herunter, es war ein echtes. Die Schöne in Weiß sprang graziös zur Seite.

Sie wurde mehr und mehr von ihrem Verehrer bedrängt. Das verrückte Huhn lachte einmal schallend, als es wieder mit der Schönen in Weiß auf dem Flur stand. Sie redeten leise miteinander. Zu gerne hätte ich gewusst, worüber sie sich amüsierten. Ich erhielt aber nur den Auftrag, nun endlich schlafen zu gehen. Ich habe noch eine Weile an der Tür gestanden, und sobald ich das Huhn vorbeitanzen sah, machte ich mich unsichtbar.

Leider wurde die Tür um Mitternacht abgeschlossen. Da ich aber unbedingt die Demaskierung miterleben wollte, ging ich mit noch mehreren neugierigen Kindern auf die Terrasse, und wir guckten durch die Saalfenster zu. In Zweierreihe stolzierten die Verkleideten zu einem Tisch in der Mitte des Saales, stiegen darauf, und Maske um Maske zeigte dort ihr wahres Gesicht.

Der Herr im Gehrock half seiner Auserwählten auf den Tisch. Schallendes Gelächter erfüllte den Saal. Auf dem Tisch stand des Bürgermeisters Stellvertreter und wischte sich die schwitzende Stirn. Das verrückte Huhn aber fasste mich am Kleid und zog mich fort. Es war aus dem Seitenfenster unerkannt entwichen.

Onkel Hans, der als Hampelmann verkleidet ebenfalls durch das Fenster das Weite gesucht hatte, musste am nächsten Tag seinen Fuß kühlen. Ich brachte ihm frisches Kühlwasser, da sagte er zu mir: „Siehste, Nette, das kommt davon, nur Hühner können fliegen." Ich lachte und dachte mir dabei: „Aber unser verrücktes Huhn kann noch mehr! Den Herrn Schüttel als Dame in Weiß hat es meisterhaft ausstaffiert. Laut zu sagen wagte ich es aber nicht, wer nennt schon seine Mutter ein verrücktes Huhn?

Wettrodeln auf dem Eis

Die Jungen hatten sich Peickschlitten gebaut, und als der See zugefroren war, probierten sie diese aus. Sie veranstalteten einen Wettkampf. Wer ist zuerst am anderen Ufer in Klein Plasten und wieder zurück?

Wir Mädchen beteiligten uns nicht an diesen Wettspielen. Wir sahen den Jungen zu und vergnügten uns mit Schlittern am nahen Ufer. Nur wenn wir ganz sicher waren, das Eis hält, gingen wir auch mal über das Eis nach Klein Plasten. Manche Beschimpfung als Angsthase habe ich dafür hinnehmen müssen.

Auch mein Bruder foppte mich. Er gehörte zu den schnellsten und mutigsten Jungen des Dorfes. Die Kufen seines Schlittens glänzten. Er sagte, sie wären aus Stahl. Siegward fand auf Schutthalden viel altes Zeug. Er nannte es etwas Wertvolles. Und sein Schlitten mit den wertvollen Kufen flitzte nur so über das Eis.

Plötzlich knirschte es. Ich hörte es bersten und einen Hilfeschrei. Siegward war eingebrochen. Ich sah, wie er aus dem Wasser auftauchte, wie er die Hände hochriss und auf das Eis aufschlug. Das Loch im Eis vergrößerte sich. Ich schrie um Hilfe. Alle Jungen waren zurück an das Ufer geflüchtet und ein vielstimmiger Hilferuf hallte durch die Luft.

Diesen vernahmen auch die Bauern und Neusiedler, die gerade in einer Versammlung im Spiegelsaal des Schlosses saßen. Jürgen Zastrow, ein junger Siedler, sprengte die Versammlung. Er war sofort über die Terrasse hinunter zum See gestürmt. „Eine Leiter", schrie er. Einige Männer wollten auf das Eis. Es knirschte.

Ich sah, wie Siegward untertauchte, wieder hoch kam. Ich rannte auf das Eis. Ich wurde zurückgezogen. Ich zitterte am ganzen Körper. Irgendjemand hatte meine Mutter geholt. Sie wollte Siegward zur Hilfe eilen. Ein Bauer hielt sie fest.

Jürgen Zastrow schob sich auf dem Bauch liegend vorwärts. Mit einer Hand dirigierte er die Leiter vor sich her. „Halt durch Siegi, ich komme", und ähnliches rief er Siegward zu. Siegward hielt sich erschöpft am Eis fest. Das Eis brach ab. Das Loch wurde groß. Ich sah Siegward untertauchen, dann kam sein Kopf wieder hoch und mit einer Schwimmbewegung schaffte er es zu der Leiter.

Plötzlich hörte ich auf zu zittern, ich drängte mich zu meiner Mutter. Jürgen Zastrow zog, nun rückwärts robbend, den Jungen und die Leiter über das Eis. Bauer Schüttel gab ihm Hinweise: „Langsam nach links, nach rechts..." So schafften es Jürgen Zastrow und Siegward an das Ufer.

Als Siegward wieder Boden unter den Füßen hatte, pfiff er mehrmals eindringlich. Meine Mutter umarmte ihren nassen Jungen. Bauer Schüttel stand neben ihr und sagte: „Den Arsch musst du ihm verprügeln." Mutter aber tat nichts dergleichen. Sie steckte ihren Sohn ins Bett, ließ ihn warmen Tee trinken und dankte Gott für Siegwards Rettung. Sie vergaß auch nicht, sich bei Jürgen Zastrow zu bedanken. Der war fortan einer der angesehensten Männer im Dorf.

Als Siegward wieder aufstehen konnte und fast gesund war, fettete er seine lederne Fliegermütze, die schon lange trocken war und die ihm den Kopf vor dem Wasser geschützt hatte. Ich war froh, dass seine Lungenentzündung so rasch abklang. Bald schon zankten wir uns wieder, wer denn Mamsell das Holz hoch trägt. Dafür gab es nämlich eine Schmalzstulle.

Verwandtschaft

Mutter hatte schon von Oranienburg aus versucht, wieder mit der Verwandtschaft in Verbindung zu kommen. Doch es war ihr nicht gelungen. Erst in Groß Plasten hatte sie Erfolg. Der Brief, den sie von dort aus abschickte, erreichte sein Ziel.

Durch die Friedfelds erfuhren wir die Adressen der anderen Friedrisziks. Mutters Schwester Gertrud wohnte nun in Röttgesbüttel. Während der Flucht gebar sie ihre Tochter Marianne. Nun hatte ich noch eine Cousine mehr. In der Nähe Cuxhavens fanden die Brödauer eine Bleibe.

In Detmold stand an einer Wohnungstür „Schneidermeister Adolf Friedriszik". Tante Else und Onkel Adolf hatten sich dort eingerichtet. Sie schrieben nun: „Martha, lass Nettchen zu uns kommen, wir werden dann bauen, sie wird es gut bei uns haben." Doch ich konnte die beiden nicht einmal besuchen, und eine offizielle Übersiedlung war auch nicht möglich. Manchmal hatte Mutter daran gedacht.

Zwischen Ost- und Westdeutschland zog sich eine Grenze. Und als beide deutsche Teile auch noch eigenständige Staaten wurden, wurde es noch schwieriger, von einem Teil Deutschlands in den anderen zu kommen. Außerdem reichte unsere Halbwaisenrente und Mutters Verdientes kaum für unseren täglichen Unterhalt. Es blieb nichts übrig zum Verreisen.

Damals lernte ich in der Schule, dass in Westdeutschland der Kapitalismus herrscht und dort unsere Klassenfeinde leben. Meine Verwandten waren für mich keine Klassenfeinde. Sie waren gleich uns Vertriebene und wohnten auch nicht freiwillig so weit weg von ihrer Heimat. Ich hätte sie gerne besucht.

Meine Mutter, die von Masuren her über „Grenzerfahrungen" verfügte, wagte ohne Genehmigung die deutsch-deutsche Grenze zu überschreiten. „Über die grüne Grenze, schwarz in den goldenen Westen", so scherzte sie darüber. Mehrere Tage weilte sie bei ihrer Schwester Gertrud und deren Mann Paul in Röttgesbüttel. Onkel Paul hatte sich dort auch wieder eine kleine Schuhmacherwerkstatt eingerichtet. Cousine Ursula war inzwischen aus ihrer Kinderkleidung herausgewachsen. Mutter nahm davon mit, was ihr noch brauchbar schien. Etwas Nähgarn und Schnürsenkel erhielt sie als Geschenk.

Mutters Rückreise führte über Schmatzfeld im Harz, dort wohnte ihre Schwester Hedwig mit ihren Kindern. Tante Hedwig brachte im Sommer ihre Christa zu uns. Wie erschrak ich, als ich das große dünne Mädchen sah. Christa war inzwischen so groß wie ich, obwohl sie, wie meine Schwester auch, vier Jahre jünger ist als ich. Sie sollte sich bei uns etwas erholen.

Doch vom Erholen konnte kaum die Rede sein, denn der Brotkorb hing bei uns sehr hoch. Später erfuhr ich, Tante hatte Christa bei uns gelassen, damit sie in Ruhe die Vorbereitungen zur Übersiedlung in den Westen treffen konnte. Bevor sie Christa von uns abholte, brachte sie ihre Söhne zu ihrem Mann nach Bielefeld, der nun noch auf Frau und Tochter wartete.

Trautchen und ich waren traurig, als Christa sich von uns verabschiedete. Zu dritt hatten wir es leichter, mit Siegward auszukommen. Als Christa da war, musste nicht nur ich seine zusammengebauten Fahrräder ausprobieren. Christa fuhr viel besser mit den Rädern und sie landete niemals an der Hauswand oder an einem Zaun. Sie war so schnell wie eine Gazelle, sprang immer zur rechten Zeit ab. Meine Mutter stand Ängste aus, sie verbot uns unsere Testfahrten.

Bevor Tante Hedwig sich von uns verabschiedete, riet sie meiner Mutter, auch die Zone zu verlassen. „Was willst du hier", hatte sie gesagt, „Du bist doch ganz allein hier." Sie hatte sogar Recht, denn auch Vaters Verwandtschaft war, wie wir inzwischen in Erfahrung gebracht hatten, in Westdeutschland verteilt. Seine Brüder wohnten alle in Hamburg, zwei seiner Schwestern irgendwo am Rhein. Die dritte, Tante Marie, lebte nicht mehr, sie war an der Front als Krankenschwester gefallen.

Mutter schrieb nun Briefe an alle Verwandten. Sie hatte sogar über den Suchdienst Tante Idas Adresse erhalten. Bei ihr erkundigten wir uns gleich, ob ihr Sohn Horst vielleicht in der Zwischenzeit gefunden wurde. Nein – er blieb wie vom Erdboden verschlungen.

Tante Ida schickte uns in ihren Briefen immer viele Zettelchen, auf denen etwas über Jehova zu lesen war. Wir konnten uns mit ihrer neuen Religion nicht anfreunden. Doch die Jehovazeugen waren es, die ihr in ihrer Not zur Seite standen. Sie halfen ihr, Schmerz und Trauer um den verschwundenen Sohn und den vermissten Mann zu ertragen.

Pakete

Nicht nur Briefe erreichten uns jetzt, manchmal bedachte unsere Verwandtschaft uns auch mit Paketen. Onkel Adolf ließ bei seiner Nichte im Lebensmittelgeschäft Pakete für uns packen. Puddingpulver, Milchpulver, Kakao, auch mal eine Dose mit süßer Milch oder Obst und Tüten mit Nudeln erhielten wir von ihm. Oft aber fehlte ein Teil des Inhalts, manche Pakete erreichten uns nie.

Aus Hamburg, vom Rhein und aus Düsseldorf kamen auch Geschenkpakete. Meistens enthielten sie getragene Kleidung. Mutter verwendete alles. Was wir selber nicht gebrauchen konnten, tauschte sie gegen etwas anderes oder verschenkte es. Jedenfalls vergaß sie nie, einen Dankesbrief zu schreiben.

Ich trug nun Kleider meiner Cousine Margot, auch welche von Cousine Ursel aus Röttgesbüttel, von Ruth aus... Manchmal wussten wir nicht, wer die Sachen getragen hatte. Unsere Verwandten ließen sich nämlich auch von den Nachbarn Gebrauchtes für uns geben.

Mutter hatte viel zu tun, diese Geschenke zu ändern, denn nur ganz weniges passte gleich. Wir trugen lange nach. Überglücklich aber war ich, wenn Mutter mal ein neues Kleid für mich nähte. Die verwandtschaftlichen Beziehungen beschränkten sich auf Briefe schreiben und Pakete senden.

Einmal ist Mutter noch heimlich über die Grenze nach Röttgesbüttel gegangen. Doch auf dem Rückweg wurde sie von Grenzern gestellt und zwei Tage mit anderen Grenzgängern in Gewahrsam genommen. Schließlich ließ man sie frei. Einen nochmaligen Grenzübertritt hatte sie nicht gewagt. Es hieß, die Grenze sei von unserer Seite aus „vermint". Mutter hatte es geglaubt.

Besuch in Dossow

Wir glaubten, in Ostdeutschland keine Verwandten zu haben. Deshalb waren wir überrascht, als wir einen Brief aus Dossow bei Wittstock mit dem Absender Kopanka erhielten. Bisher hatten wir nicht gewusst, dass Tante Anna, Mutters Schwägerin, hier lebte. Sie teilte uns mit, dass sie uns zur Hochzeit ihrer Tochter Grete einlädt. Wir würden, wenn wir kommen, eine Überraschung erleben.

Es muss so um die Osterzeit gewesen sein, jedenfalls war es ein Frühlingstag, als wir uns alle aufmachten und nach Dossow fuhren. An meine Cousine Grete konnte ich mich kaum erinnern. Zu Hause hatten wir uns nicht oft gesehen, da Grete viel älter ist als ich. Ihren Bruder Horst aber erkannte ich sofort. Als wir aus dem Zug ausstiegen, lief er uns entgegen. „Tante Martha", rief er und umarmte meine Mutter.

Horst war groß geworden, fast ein Mann. Verlegen reichte ich ihm die Hand. Er nahm unser Gepäck und hängte es an den Fahrradlenker. Unsere Edeltraud setzte er auf den Gepäckträger, dann schob er los. Mutter wollte wissen, was es denn mit der Überraschung auf sich habe. „Wirst schon sehen", sagte er verschmitzt.

Die Eingangstür des Hauses, in dem Kopankas wohnten, schmückte eine grüne Tannengirlande mit weißen Papierblüten. Der Hof war blitzsauber gefegt. Kübel mit Stiefmütterchen und Frühlingsblühern standen neben den drei Stufen zur Eingangstür.

Wir hatten nur noch wenige Schritte bis zur Tür, da öffnete sie sich und Tante Anna trat auf die Stufen. Plötzlich stand mein Onkel Leo neben ihr. Mutter schwankte. Siegward hielt sie fest. Ich weiß nicht warum, auch mir wurde ganz komisch. Ich musste an meinen Vater denken.

Mutter brauchte lange, bis sie sich wieder richtig gefasst hatte. Immer wieder rollten ihr die Tränen über die Wangen, und Anna und Leo fehlten die Worte, um sie zu beruhigen. Erst als Grete und ihr Verlobter Kurt sich zu uns gesellten, beruhigte sich Mutter.

Grete nahm Mutter an die Hand, zog sie mit sich fort. „Komm, Tantchen, ich zeige dir mein Brautkleid", sagte sie. Es gelang Grete, Mutter auf die Hochzeit einzustimmen. Auch Tante Anna wusste, wo noch was zu tun war, und schon bald stand Mutter in der Küche und half beim Kartoffelschälen und Broteschmieren. Es sah aus, als befände sie sich in ihrem Element.

Niemand erwähnte, dass mein Vater nicht mehr lebt. Ich glaube, Mutter ist es noch mal richtig bewusst geworden, dass Vater nicht mehr zurückkommt, als sie Onkel Leo so plötzlich vor sich sah. Ihre Tränen kamen vor Schmerz und Freude. Am nächsten Morgen begrüßte sie Onkel Leo mit den Worten: „Schön, dass du da bist", und lächelte ihm zu.

Zur Hochzeitsfeier kamen einige Eisenbahner und Verwandte von Kurt. Wir gingen durchs Dorf zur Kirche. Vor den Häusern standen Leute und winkten dem Brautpaar zu. Es war eine Hochzeit wie sie sein sollte: es gab gut zu essen, es wurde gelacht und gesungen.

Am nächsten Tag wollten wir alle nachfeiern. Edeltraud, Siegward, Horst und ich nahmen uns etwas vom Kuchen in die Hand und verdrückten uns auf den Hof. Horst erzählte uns, dass er jetzt von Dossow Abschied nimmt. Er und Tante Anna werden mit Onkel Leo nach Hamburg fahren. Grete aber bleibt mit ihrem Mann, der Lokführer bei der Bahn ist, in Dossow.

Nun war es raus. Wir würden nur noch Grete in unserer Nähe haben. Unsere Freude über das Wiedersehen wurde getrübt, auch wir Kinder konnten nicht richtig fröhlich sein.

Den Besuch bei Kopankas konnte ich noch einige Tage ausdehnen. Edeltraud hatte sich ein altes Fahrrad aus dem Schuppen geholt und wollte damit fahren. Sie kam mit dem Bein nicht über die Stange, konnte sich also nicht darauf setzen. Sie trat einfach unter der Stange auf die Pedalen, rutschte mit dem Fuß ab, weil ein Pedalgummi fehlte. Sie schrie auf. Horst und Siegward befreiten vorsichtig die Kleine aus dem Fahrrad. Eine Wunde klaffte in ihrem Oberschenkel. Sie wurde von einem Arzt versorgt. Nun war unsere Kleine erst einmal transportunfähig.

Mutter und Siegward fuhren zurück nach Plasten. Mutter musste arbeiten und Siegward zur Schule gehen. Ich eigentlich auch, doch alle meinten, es wäre besser, wenn ich einige Tage mit Trautchen dort bliebe.

Horst kümmerte sich sehr um unsere Kleine. Er machte sich Vorwürfe, dass er nicht aufgepasst hatte und nicht bemerkte, dass Edeltraud sich das alte, kaputte Fahrrad genommen hatte. Nun trug er sie sogar zur Toilette und brachte ihr das Essen ans Bett. Er hatte ihre Brandnarben auf den Oberschenkeln gesehen. Erschrocken sah er mich an. Er fragte, was unserer Kleinen geschehen war.

Als Trautchen wieder auftreten konnte, holte Mutter uns ab. Tante Anna war schon beim Einpacken. Onkel Leo drängte zur Eile. Er wollte die Abreise nicht verzögern. „Kommt uns besuchen, Martha", hatte er damals gesagt. Schon zwei Tage später zogen sie nach Hamburg.

Zwischenstation in Groß Dratow

W ieder saß ich auf einem Leiterwagen zwischen Bündeln und Kisten. Wir zogen nach Groß Dratow. Ich war gespannt, was uns hier erwartete. Der Leiterwagen rumpelte über das Kopfsteinpflaster. Omchen Gonschorek murmelte ständig vor sich hin. Sie war krank, wir nahmen sie mit. Sie hatte sich mit Tante Mia zerstritten. Ich dachte, wenn wir nur bald ankommen.

Ich sah von weitem rot leuchtende Dächer, das wird das Gutshaus sein. Auf dem ehemaligen Gutshof sollten wir wohnen. Vielleicht in dem Seitenflügel, dachte ich, doch wir fuhren vorbei. Hinter dem Pferdestall hielt unser Gefährt.

Fritz Pommerenke, wir nannten ihn Onkel Fritz, der uns hierher brachte, half uns vom Wagen, dann stand er vor der Tür, verdeckte diese fast mit seiner wuchtigen Figur. Er öffnete sie, und mit den Worten: „Herein in die gute Stube", ließ er Mutter den Vortritt. Er lachte und sagte zu ihr: „Martha, du weißt ja, Platz ist in der kleinsten Hütte."

Die gute Stube entpuppte sich als Futterküche, in der schon ein Kochherd stand, dahinter befand sich ein Bretterverschlag mit allem möglichen Gerümpel. Onkel Fritz nahm unsere Edeltraud auf den Arm, als wäre sie noch ein kleines Mädchen, und zeigte ihr das künftige Schlafzimmer. „Den Plunder schmeißen wir raus", sagte er und ließ wieder einen seiner weisen Sprüche los: „Hier wird sein, eia weia, für klein Trautchen eine Heia". Onkel Fritz hatte für jede Situation einen Spruch oder einen Witz parat. An diesem Tag konnte ich nicht darüber lachen. Ich erkannte, mein Wunsch nach einem eigenen Bett wird auch hier nur ein Wunsch bleiben.

Siegward warf ein Bündel Decken in die Küche und verschwand. „Da ist eine Scheune", rief er laut. Mutter gab mir Trautchen an die Hand. „Geht, seht euch draußen um", sagte sie. Trautchen und ich gingen dem Bruder nach. In der Scheune war es schummerig, meine Augen mussten sich erst anpassen. Ich sah eine Dreschmaschine. Siegward stand auf ihr und sprang plötzlich in einen Haufen Stroh.

Ich schrak zusammen, über uns flatterten Tauben. Wir haben sie in ihrer Ruhe gestört. Trautchen zerrte an mir, wir ließen uns fallen und lachten, bewarfen uns mit Stroh. Wir hörten Mutters Ruf: „Kinder, wo seid ihr?" „Hier", antwortete ich. Als Mutter unserer ansichtig wurde, lachte sie und sagte: „Ihr könnt gleich weitermachen, wir wollen noch die Strohsäcke stopfen." Ich teilte meinen mit Trautchen. Ich war müde, hörte aber noch Onkel Fritz mit seinem Wagen fortfahren. Ich schlief dem neuen Tag entgegen.

Es gab nicht viele Nächte, in denen ich durchschlafen konnte. Seit Trautchen aus dem Krankenhaus zurück war, hat sie fast in jeder Nacht wie wild um sich geschlagen. Wir machten sie manchmal wach und holten sie so aus dem Alptraum. Ich oder Mutter wiegten sie dann im Arm, bis sie wieder ruhig schlief.

Der Morgen kam unbemerkt. In unseren Verschlag hinter der Futterküche drang auch nicht der kleinste Lichtstrahl. Erst als Mutter die Tür öffnete, konnte ich etwas erkennen. Ich starrte auf die vermutlich einmal weiß getünchte Wand, die mir jetzt aber, von unten nach oben ziehend, schwarze und graue Farbabstufungen zeigte. Es roch nach Brikett. Ich glaubte, mich plötzlich in einem Kohlenkeller zu befinden, und ich floh aus dem Verschlag.

Der mich nun umgebende Raum sah auch nicht viel freundlicher aus. Die Decke war vom Wrasen des Kartoffeldämpfers, der hier genutzt worden war, ganz braunfleckig. Mein Wunsch nach einem neuen Zuhause zerplatzte wie eine Seifenblase. Ich stand frierend und entsetzt, soviel Schmutz auf einmal hatte ich seit langem nicht mehr gesehen.

Ich wäre gern all dem entflohen, hätte mich am liebsten irgendwo verkrochen, doch dazu kam es nicht, Mutter stemmte die Hände auf ihre schmalen Hüften und sagte mit einer Stimme, die keine Widerrede zuließ: „Siegi, du gehst ins Dorf zu Onkel Fritz, wir brauchen noch Eimer und Schrubber, inzwischen kann Nettchen hier auffegen und nachher waschen wir die Wände ab."

Omchen reichte Mutter zwei alte Strümpfe. „Martha, damit könnt ihr die Wände rollen", sagte sie. Doch ehe es dazu kam, sollten noch einige Tage vergehen. Es war nicht leicht, ohne Geld irgendwo auch nur ein Pfund Farbe oder Schlemmkreide zu bekommen.

Dass es doch noch zum Malern kam, hatten wir Onkel Hans, dem Schuster, zu verdanken. Der hatte so manches Paar Schuhe repariert und noch keinen Lohn dafür erhalten. Er zog von Haus zu Haus, um seinen Lohn einzutreiben. Er nahm an, was man ihm gab. Korn, Brot Milch und manchmal auch ein paar Mark, davon gab er uns ab und besorgte auch noch die Farbe aus der Stadt. Er hatte sich in den Kopf gesetzt, uns ein neues Zuhause zu geben.

Ich glaube, Onkel Hans hatte unsere kleine Schwester lieb gewonnen und dann erst meine Mutter, denn zuerst waren Trautchen und ich es, die ihm begegneten. Wir beide brachten unsere Schuhe zur Reparatur. Sein kleines Zimmer war Werkstatt, Wohnraum und Küche zusammen. Auf der Fensterbank stand eine Blechbüchse mit bunten Wiesenblumen, die waren mir sofort aufgefallen.

Trautchen interessierte sich für den Krimskrams auf dem halbrunden Schustertisch. In Schachteln und Dosen befanden sich verschieden große Tekse und Holzpinnen. In einem kleinen Wandregal standen blank geputzte Schuhe, davor lag ein Haufen Leder, daneben einige Schuhleisten und fertige Holzpantoffeln. Es roch nach Kleister, Holz und Leder.

Trautchen betrachtete alles ganz genau. Sie saß auf einem Schemel neben dem Schuster und musterte ihn. Er hielt ihrem Blick stand, bis sie zur gleichen Zeit lachten. Ehe wir gingen, sagte er noch: „Sagt eurer Mutter, übermorgen sind die Schuhe fertig."

Mutter ging einige Tage später mit Trautchen die Schuhe abholen. Von diesem Tag an besuchte uns der Schuster manchmal. So kam es, dass er unser Onkel Hans wurde, der auch mit uns leben wollte und uns Kindern ein Pflegevater wurde.

Doch nun zurück zur Malerei. Mein Bruder Siegward war natürlich der König, er hatte aus dem ehemaligen Verschlag für die Kohlen einen brauchbaren Schlafraum gezaubert. Die Wände leuchteten weiß und sie waren unter der Decke mit einem hellblauen Zierstreifen versehen.

Ich sollte nun in der „Wohnküche" mit Omchens zusammengerollten Strümpfen den weißen Wänden ein Muster geben. Vorsichtshalber wies mir Mutter die kleine Wand in der Nische zu. Hier durfte ich meine künstlerischen Fähigkeiten als Wandmalerin entfalten. Omchen gab mir Ratschläge. „Nettchen, musst nicht zu stark in die Farbe eintunken, leicht ausdrücken und mit leichter Hand von oben nach unten abrollen. Nettchen, ab und zu auch mal stärker andrücken."

Ich weiß nicht, ob meine Hand nicht leicht genug war oder ob die Farbe, die einer Modderpampe aus Lehm glich, nichts taugte, jedenfalls sah ich ziemlich gesprenkelt aus und die frische weiße Wand war braun bekleckert. Mein Bruder mischte daraufhin Schlemmkreide mit etwas brauner Farbe und pinselte mein Kunstwerk einfach über. Nun zierte eine braune Wand die Nische.

Ich fand, sie passte hervorragend zu den anderen Wänden mit braunem Strumpfrollenmuster. Auch Onkel Hans meinte: „Das sieht aber gut aus", als er sein Schuhmacherhandwerkszeug auspackte. In der Nische verstaute er das Regal für die Schuhe.

Von irgendwoher hatte er eine weiße bauchige Blumenvase mitgebracht, die stellte er auf das Fensterbrett. Er schlug kleine Nägel in die Fensterrahmen und Mutter befestigte daran weiße Scheibengardinen. Nach und nach nahmen die Futterküche und das Kohlenkabuff tatsächlich den Charakter einer Wohnung an.

Als Omchen von Onkel Fritz wieder mit dem Pferdewagen zu ihrer Tochter gebracht wurde, denn sie hatten ihren Streit beendet, da fühlte ich mich in Dratow auch schon etwas wohler. Nun schliefen wir Kinder und Mutter im Kabuff und Onkel Hans in der Küche.

Manchmal ängstigte ich mich vor Einbrechern. Unsere Wohnung lag nämlich auf der Rückseite des Pferdestalls. Nur noch die Scheune dahinter gab uns etwas Schutz, sie begrenzte den ehemaligen Gutshof. Dahinter begann der Acker und links breitete sich ein verwilderter Park aus. Ins eigentliche Dorf kam man, wenn man den Gutshof überquerte.

Im großen Wirtschaftsgebäude, welches jetzt mit Flüchtlingen belegt war, wohnte Onkel Fritz. Nachdem wir uns häuslich eingerichtet hatten, luden wir ihn und seine Frau zu einem Abendessen ein. Es bestand aus Brot, das seine Frau spendierte, aus Taubenbraten, für den mein Bruder verantwortlich war, aus Gerstenkaffee und einer Flasche Schnaps, die Onkel Hans in der hiesigen Schnapsbrennerei erworben hatte.

Noch bis spät in die Nacht erzählte Onkel Fritz Geschichten und Witze. Onkel Hans lachte, dass ihm die Tränen kamen. Mutter mahnte manchmal: „Nicht so laut, die Kinder werden wach." Ich habe kein Talent, Witze zu behalten, jedoch an einen kann ich mich noch genau erinnern, den erzählte Onkel Fritz nämlich jedes Mal, wenn jemand anwesend war, der seine Sprüche noch nicht kannte. Er begann so: „Kannst du auch Rätsel raten?" Wurde es bejaht, so fragte er weiter: „Sag mir, was ist das, Loch an Loch und hält doch?" Meistens folgte langes Raten. Teesieb – Rüttelsieb in der Dreschmaschine . . .

Onkel Fritz schüttelte jedes Mal den Kopf. Auch ich riet einmal lange und bat dann um die Preisgabe der Lösung. Gewichtig stellte er sich vor mir auf, schnippte mit den Fingern an seinen Hosenträgern und begann mit ernstem Gesichtsausdruck folgende Worte langsam zu formulieren. „Loch an Loch und hält doch, das ist Onkel Fritzens Unterhose, ich könnte es beweisen." Mir war es peinlich, doch alle anderen lachten.

Gewöhnlicher Alltag

Mutter stand schon früh am Morgen auf, um im Kuhstall zu arbeiten. Melken, füttern und Schlempe von der Schnapsbrennerei holen, das alles musste sie tun, genau wie die anderen, die noch dort beschäftigt waren. Es fiel ihr nicht leicht, diese Arbeit zu verrichten. Abends fiel sie todmüde auf ihr Lager.

Onkel Hans saß von morgens bis abends an seinem Schustertisch und reparierte Schuhe oder fertigte Holzpantinen. Doch leider, wie bisher, auch hier wollte es mit der Bezahlung für die Dienstleistung nicht so richtig klappen. Kaputte Schuhe sammelten sich in der Nische. Doch ohne Geld kein Leder, keine Pinnen, kein Absatzgummi usw. Auch alte ausgesonderte Stiefel gab es kaum noch, von denen das Oberleder noch brauchbar war. So sannen wir nach weiteren Einkommensmöglichkeiten. Küken kaufen und aufziehen stand fürs Frühjahr auf dem Plan.

Inzwischen hatte ich im Dorf Freundinnen gefunden, die sich nicht daran störten, dass ich keine Einheimische war. Sie besuchten mich sogar in unserer Wohnung hinter dem Pferdestall.

Lotte nahm Platz eins unter ihnen ein. Als ich in den ersten Tagen unseres Aufenthaltes in Dratow durch das Dorf ging, um in der Gemeinde eine Milchkarte abstempeln zu lassen, sah ich sie weinend an der Friedhofsmauer sitzen. Auf meine Frage: „Tut dir was weh?" sah mich Lotte an und hörte auf zu weinen. Sie musterte mich eine Weile, dann schüttelte sie den Kopf. Eigentlich wollte ich weitergehen, doch ich blieb stehen.

Lotte begann zu reden: „Ick heff man blot vergeten, de Swin to faudern, as se früh na Waren wiern. Dovör hätt Muddern mir watt hinner de Uhrn gäwen und sächt hät se denn noch, wenn se wedder wechführn, dann deit se Köck und Spießkammer för mi verschlotten holen, damit ick weit, wie dat is, wenn een armes Swien keen Freeten krecht." Was sollte ich auf Lottchens Jammern antworten? „Kommt Zeit, kommt Rat", sagte ich nach Onkel Fritz und meinte weiter, „du, das macht deine Mutter nicht, sie wird dich doch nicht hungern lassen. Kannst mir dann Bescheid sagen, ich helfe dir die Schweine füttern, wenn sie wieder wegfahren."

So schlecht fand ich Dratow nun nicht mehr. Die Kinder waren ganz annehmbar, auch wenn sie Plattdeutsch sprachen. Ich verstand jedes Wort, konnte auch schon einiges in Plattdeutsch sprechen, doch ich blieb im Spiel mit den Kindern beim Hochdeutsch.

Unsere verschiedene Sprechweise störte uns nicht. Nur wenn jemand meinte, ich sei ein „Dösbüdel", dann vergaß ich die feine hochdeutsche Art und schimpfte sie Dämlack oder Kodder[1].

Lange hielten solche Streitereien aber nicht an und im besten Einvernehmen überlegten wir, welchem Bauern wir einen Streich spielen konnten. Wir trugen die Futtereimer zwei Gehöfte weiter oder klauten uns aus den zum Kühlen in Wasserbottichen abgestellten Milchkannen etwas Milch. Immer nur soviel, dass es auf den ersten Blick nicht zu bemerken war. Die Milch wurde von uns sofort getrunken, wobei ich wahrscheinlich die Durstigste war, da die anderen Kinder Neusiedler und Altbauern als Eltern hatten und nicht so ausgehungert waren wie ich.

Meine Mutter hatte kaum noch Zeit für uns Kinder. Am Abend fiel das gemeinsame Liedersingen meistens aus. Ich machte mir Sorgen um Mutters Gesundheit. Sie war so dünn geworden. Ich hatte einen ziemlich langen Schulweg, da konnte ich mir so meine Gedanken machen.

---

[1] Aufwischlappen

Manchmal kam ich auch gar nicht dazu, über etwas nachzudenken. Ich lief nämlich den Schulweg oft im Dauerlauf, damit ich nicht zu spät kam. Doch meistens kam ich zu spät zum Unterricht. Nahm mich jemand auf dem Gepäckträger mit, dann war ich pünktlich.

Täglich sieben Kilometer zu Fuß zur Schule und auch wieder zurück und das bei jedem Wind und Wetter, das war keine Kleinigkeit.

Eines Tages wurde ich für viele Wochen von diesem Übel befreit. Ich ging mit einer Kanne in der Hand die Milchzuteilung holen, dabei kürzte ich auf dem Rückweg etwas ab und ging durch den verwilderten Park. Die Sekretärin aus dem Dorfbüro führte gerade ihren Dackel aus, als ich in ihre Nähe kam, fasste er zu. Nur gut, dass ich an diesem Tag eine Trainingshose trug und darunter noch Kniestrümpfe. Die Milchkanne hatte ich vor Schreck fallen lassen.

Ich weinte vor Wut und Schmerz und stieß die Sekretärin zurück, als sie mein Bein anfassen wollte. Ich humpelte nach Hause. Viele Wochen konnte ich nicht zur Schule gehen. Lotte kam oft und brachte mir die Schulaufgaben. Es fiel mir schwer, ohne in der Schulstunde zuzuhören, auch nur irgendeine Aufgabe zu lösen. Am besten klappte es noch, wenn ein Aufsatz zu schreiben war und ich meiner Fantasie freien Lauf lassen konnte.

Das ewige Hämmern und Pochen nahm mir die Ruhe beim Lernen. Ich sehnte mich danach, wieder richtig gehen zu können und draußen mit den Geschwistern zu spielen oder in der Scheune mit ihnen herumzutoben. In der Scheune störten wir niemanden, dort fühlten wir uns frei. Manchmal ließ ich Flick- und Stopfzeug liegen, die mir als Tagesarbeit zugewiesen waren und humpelte hinüber, warf mich ins Stroh und träumte. So entfloh ich der Enge unserer Wohnung, in der Onkel Hans saß und Schuhe reparierte.

Hätte ich nicht das Mittagessen kochen müssen, wäre ich den ganzen Tag nicht wieder aus der Scheune herausgekommen. Außerdem war da noch die Schwester, die mit versorgt werden musste, wenn sie aus der Schule kam, und der Bruder stellte sich meistens auch pünktlich zum Essen ein.

Und wenn Mutter am Abend müde von der Arbeit heimkam, wollte sie sich nicht mit der Hausarbeit abplagen, deshalb verrichtete ich diese humpelnder Weise so gut ich es konnte. Für Mutter blieb immer noch genug Arbeit. Wir Kinder wuchsen aus allem raus. Mutter nähte für uns.

Schule und Ferien

Egal, wohin wir auch zogen, mit jedem Tag, den ich älter wurde, verlief das Leben für mich mit mehr Arbeit im Familienhaushalt oder bei anderen Leuten. Die große Wäsche zu bewältigen hatte ich schon beizeiten gelernt, und es war nicht selten, dass ich einen Entschuldigungszettel für diesen Tag erhielt: „Annette fühlte sich nicht wohl".

Halsschmerzen waren bei mir nichts Seltenes und oft hustete ich stark. So war mein Entschuldigungszettel glaubwürdig. Rechne ich noch die Bummelstunden, in denen wir von der Schule aus zum Einkaufen gingen, dazu, konnte ich bestimmt mit Fehlstunden glänzen.

Den Russischunterricht nutzten auch andere gerne zum Einkaufen. Unser Russisch-Lehrer gab sich gar nicht die Mühe mit uns zu schelten, doch er verlangte, wir sollten nie den Unterricht stören, damit wenigstens die etwas lernten, die Zeit und Lust dazu hatten.

Es gab tatsächlich eine große Zahl Kinder, die auch Zeit für Hausaufgaben hatten. Ich hätte gern dazugehört. Trotzdem bescheinigten mir die Lehrer eine sehr gute Führung, lobten meinen Fleiß und die Sorgfalt. In einem Zeugnis stand sogar der Satz: „Annette zeichnet sich durch ihr ruhiges, verständiges Wesen aus". Deshalb haben sie mich wohl so gerne zwischen Schwätzer gesetzt? Ich fand es nicht gut, doch ich wusste mich nicht dagegen zu wehren.

In der Schule wurden Sportfeste durchgeführt. Auf dem Schulhof oder im Klein-Plastener Park gab es dafür Wettkampfplätze und Laufstrecken. Beim Laufen und Ballspielen setzte ich all meine Kraft ein, aber an den Geräten hing ich, wie die anderen sagten, wie ein nasser Sack.

Irgendwie wollte auch ich gut sein, denn nur gute Schüler konnten Junger Pionier werden und ein blaues Halstuch erhalten. Eines Tages war es so weit, Herr Schoknecht, unser Klassenlehrer, legte es mir um. Ich trug an diesem Tag ein grünkariertes Kleid. Eine weiße Bluse und einen blauen Rock konnte Mutter mir nicht kaufen. So trug ich das Halstuch eben zu allem, was ich besaß und niemanden störte es. Wir banden es sowieso nur in der Schule um.

In dieser Zeit erfuhr ich, dass es in Russland auch Pioniere gibt, und dass die russischen Menschen unsere Freunde seien, und dass es in unserem Land auch bald so werden soll wie in Russland, nämlich, dass es keine Reichen und keine Armen mehr geben wird. Jeder Mensch sollte genug zu essen haben und die Arbeit sollte leichter werden, und es hieß, die Bauern müssten sich zusammenschließen, dann wird es Wirklichkeit.

Das gefiel mir. Doch Russland lag in weiter Ferne und bisher waren die Russen nicht meine Freunde. Die Arbeit wurde nicht leichter und ich wurde nicht satt, und ich dachte nach, ob es überhaupt gut ist, auf dieser Welt zu sein.

Die Sommerferien hatten gerade begonnen und ich wusste, was auf mich zukam. Wieder bei den Bauern arbeiten, Korngarben binden oder auf dem Dreschkasten die Garben einfüttern, oder aufstaken. Ferien konnte man so etwas nicht nennen. Manchmal sehnte ich mich dann nach den Schulstunden und ich fand es gar nicht gut, die Große zu sein. „Du hast ein kräftiges Mädel, Martha, die packt richtig zu", bekam Mutter manchmal zu hören.

Ich aber war drauf und dran, aus diesem Joch zu fliehen, am liebsten in den Himmel, und gerade als ich mich mit solchen Gedanken beschäftigte, bekamen wir Besuch aus Waren-Müritz.

Herr Kittelmann, ein Fischer, sprach lange mit Mutter und Onkel Hans. Sie redeten über die sich anzeigenden Veränderungen in Stadt und Land, besonders übers Land. Er erzählte, in der Zeitung stehe etwas von der Umgestaltung der Landwirtschaft. Größere landwirtschaftliche Betriebe müsse es geben, und die Fischer müssten sich auch zusammentun.

Doch davon hielt Herr Kittelmann nichts. „Mein Kahn bleibt mein Kahn", sagte er eindringlich, und dann bat er ganz plötzlich meine Mutter: „Gib mir die Deern mit, sie kann mal paar Tage meiner Frau zur Hand gehen." Rasch war ein Bündel für mich gepackt und ich fuhr mit Fischer Kittelmann nach Waren-Müritz in die Ferien.

Kittelmanns Grundstück lag nur einen Wegbreit vom Tiefwaren-See entfernt. Ein Garten mit Sträuchern, Bäumen und Blumen umgab eine schöne hellwandige Villa und einen großen Bretter-Schuppen für Netze und Kisten. Der kleine Eiskeller hinter dem Schuppen erinnerte mich an unser zu Hause in Dreifelde. Auch die bunt durcheinander blühenden Blumen müssen das ihrige getan haben, denn als ich Frau Kittelmann vorgestellt wurde, liefen mir die Tränen über das Gesicht.

Vor mir stand eine Frau mit kurz geschnittenem grauen Haar. Ein paar Härchen über der Oberlippe gaben ihr etwas Männliches, und als ich ihre Stimme hörte, dachte ich, das könne gar nicht Frau Kittelmann sein, denn sie sprach wie ein Mann. Doch was sie sagte, klang gut und freundlich: „Komm, Annette, lott uns wat etten."

Nachdem wir auf der Terrasse das Abendbrot eingenommen hatten, es gab gebratenen Fisch und grünen Salat und Schwarzbrot, zeigte Frau Kittelmann mir mein Zimmer. Es lag so, dass ich über den Garten hinweg ein Stück des Tiefwaren-Sees erblicken konnte. In der Nacht schlief ich tief und fest, und ich schäme mich auch nicht zu gestehen, dass ich nicht an zu Hause dachte. Ich schlief zum ersten Mal allein in einem Zimmer.

Am Morgen erklärte mir Frau Kittelmann, wie es gemeint war, dass ich ihr zur Hand gehen soll. Ich musste dafür sorgen, dass das Frühstück für den Schlafgast und Kostgänger, der in Waren in der Gießerei lernte, am Abend schon bereitgestellt wurde, und er sich am Morgen nur den Malzkaffee zu wärmen brauchte.

Gemüse putzen, Kartoffeln schälen, abwaschen und Kochtöpfe polieren gehörten auch zu meinen Aufgaben. Frau Kittelmann rief mir manchmal zu: „Kind, go man rut, kick na de Blaum." Ich zog Unkraut, pflegte die Terrasse, harkte zwischen den Beeten und manchmal schickte mich Herr Kittelmann Zigarren einkaufen. Immer mit der Bemerkung: „Vergiss nicht, die für Frau Kittelmann, musst du sagen."

Saß diese dann rauchend im Sessel auf der Terrasse, verzog ich mich in den Garten. Ich fühlte mich wohl im Hause Kittelmann, wurde stets satt und was mir besonders gefiel, ich durfte lesen.

Einige Bücher hatte Frau Kittelmann mir herausgelegt. Doch ich interessierte mich mehr für die, die noch in den Bücherschränken standen. Da las ich auf den Buchrücken die Namen Goethe, Keller, Schiller, Heine, Marlitt und ... Das Buch von der Marlitt, mit dem Titel „Das Geheimnis der alten Mamsell" nahm Frau Kittelmann mir wieder weg. Das wäre nichts für mich, ich solle lieber Märchenbücher lesen.

Bei Heine und Schiller habe ich auch mal reingeguckt, ich mochte die Gedichte. Ich fand Gefallen an den Büchern und am Lesen. Die Tage bei Kittelmanns am Tiefwaren-See vergingen rasch. Meine Mutter kam und holte mich wieder ab. „Min lütt Deern", sagte Herr Kittelmann zum Abschied und Frau Kittelmann nahm mich einfach in den Arm.

Nachdem ich bei Kittelmanns in der schönen Villa einige Wochen zu Hause sein durfte, kam mir unsere Unterkunft im Stall in Groß Dratow erbärmlich vor. Ich fühlte mich nicht wohl, auch alle anderen aus unserer Familie konnten sich in Dratow nicht heimisch fühlen. Wir überlegten, wie wir das ändern konnten.

Wir siedeln

Eines Tages kam Onkel Hans mit der Botschaft: „Wir siedeln, in Schwastorf ist noch Bodenreformland frei." Nun sollten wir also Bauern werden und auf einem Ackerstück wirtschaften, das vor dem Krieg einem Gutsbesitzer gehörte.

Meinen Bruder ließ diese Entscheidung völlig kalt, er hatte sich entschieden, in der Stadt eine Lehre als Eisengießer zu beginnen, sobald er die 8. Klasse beendet haben würde. Meine Schwester und ich wurden nicht nach unserer Meinung gefragt. Ich jedoch stellte die Frage nach einem eigenen Bett. Ich sollte es bekommen. Nun war ich mit dem Umzug nach Schwastorf einverstanden.

Ich konnte es kaum erwarten, dass wir unsere Habe auf den Leiterwagen stapeln durften. Wieder ging es einem mir unbekannten Ort entgegen. Mutter sagte unterwegs zu mir: „Die Wohnung ist in einem richtigen Bauernhaus." Das ließ mich hoffen.

Ich fieberte dem Ereignis, Einzug in ein Bauernhaus, entgegen. Schwastorf, ein kleines Dorf mit Bauernhäusern, einigen Katen, einem kleinen Schloss, mehreren Stallungen und einem großen Maschinenpark, sollte nun unser Zuhause werden.

Ich achtete so sehr auf das Schloss, dass ich das rote Backsteinhaus, neben dem unser Fuhrwerk hielt, nicht bemerkt hatte. Wir standen an seiner Breitseite, direkt vor einer Eingangstür. Neben der Tür erblickte ich mehrere Fenster, vor einigen hingen Gardinen. Ich bekam einen Schreck, das Haus war bewohnt. An den Giebeln befanden sich weitere Wohnungseingänge.

Es dauerte nicht lange und aus beiden Wohnungen kamen Leute, sie halfen uns beim Abladen. Schon bald war der Leiterwagen leer. In der Küche und im Zimmer verteilt, lag und stand unsere Habe.

Herr Biegel, der Besitzer des Hauses, zeigte uns noch den Boden, zu dem wir von unserem Flur aus Zugang hatten. Das Holzhäuschen, unser Abort, befand sich nahe der Mauer, die das ganze Schlossgelände und den Maschinenpark umfriedete.

Die Luft in unseren beiden Räumen war stickig. Als Mutter im Zimmer das Fenster öffnete, wich sie entsetzt zurück. Sie schloss es sofort. Vor unserem Fenster türmte sich ein Misthaufen. Er gehörte dem Gärtner und Bauern Steinke, der auf der Seite zum Schloss hin wohnte. Seine Stallungen begrenzten unseren Ausblick.

Bis zum Abend hatten wir es aber geschafft, die beiden Räume wohnlich zu gestalten. Die Küche war geräumig. Wir stellten unseren Tisch vor die Fenster, um lange das Tageslicht nutzen zu können. Im Zimmer fanden die Betten für Mutter und uns Kindern Platz. Das Bett für Onkel Hans stellten wir in die Küche. Ich bekam ein eigenes, jedoch nur für die Zeit, in der mein Bruder in Waren weilte. An den Wochenenden schliefen Edeltraud und ich wieder zusammen.

Zwei Tage fehlte ich in der Schule. Es gab so viel zu tun. Wir reinigten die Futtereimer und Tröge, misteten die Ställe aus, schruppten und fegten, streuten Stroh, damit alles bereit sei, wenn Onkel Hans das erste Vieh brachte.

Bis zu unserem Stall waren gut 200 Meter zu gehen. Er befand sich hinter dem Maschinenpark in den Stallungen des ehemaligen Gutes. Als ich dann das erste Mal die Schweine füttern musste, legte Onkel Hans mir ein Tragejoch auf die Schultern. Die vollen Futtereimer zogen nach unten. Ich hatte Mühe, sie bis zum Stall zu tragen und Mutter, die von der Figur her eher zierlich als kräftig war, schaffte es zuerst gar nicht. Doch nach und nach lernten wir das Joch zu tragen.

Wir waren nun Siedler mit einigen Morgen Land, mit einem Stall mit mehreren Schweinen, einer Kuh, einem Abschlag mit Hühnern, einem Auslauf für Gänse und einer Pferdebox, in die ein Pferd gehörte.

Es dauerte auch gar nicht lange, da stand eines Tages Onkel Hans mit einem schönen Fuchs vor dem Haus. Sein Fell glänzte, „Es ist ein edles Tier", sagte er. Ich glaube, das konnte auch niemand bestreiten. Nur hatte dieses Pferd, weil es so edel war, keine Lust sich einspannen zu lassen. Es wollte nicht als Einspänner vor dem Wagen gehen, duldete aber auch kein anderes Pferd neben sich. Warf Onkel Hans aber eine zum Sattel zusammengefaltete Decke über den Rücken des schönen Fuchses, wurde er fromm und Onkel Hans ritt auf ihm sein Land ab. Wir Kinder liefen hinterher.

Auf dem Berg, einem Stück Hügelland nicht weit vom Dorf, stand Onkel Hans mit seinem Fuchs und blickte rundherum auf sein Land, das sich bis hinunter zu dem kleinen Wäldchen, das wir Bruch nannten, zog. Um das Bruch herum wuchs saftiges Gras, dort sollte ich am Nachmittag Minka weiden lassen.

Unser Land grenzte an Keglers. Ihnen hatte in Ostpreußen ein Bauernhof gehört. Otto Kegler wurde der Berater und Freund des Schusters, so nannten fast alle den neuen Siedler in Schwastorf. Es dauerte auch nicht lange, bis der Schuster wieder seine kleine Werkstatt in unserer Küche einrichtete. Er besohle Schuhe gegen Ausborgen von Egge oder Pflug.

Es entwickelte sich ein reger Tausch zwischen dem Schuster und den Landwirten. Manch einer gab für einen Schuhflicken auf dem Schaft nur einen guten Rat. Dazu gehörte auch, wie man unseren Fuchs ohne Verlust wieder verkaufte. Er war kein gutes Arbeitspferd. Katschmarek, ein Deutsch-Russe, der schon ewig, so sagte er, in Deutschland lebte, brachte das Kunststück fertig, auf dem Markt in Waren das Pferd wieder zu verkaufen. Onkel Hans und er lachten wie die Spitzbuben, als sie erzählten, wie sie es geschafft hatten, einem jungen Bauern den Fuchs aufzuschwatzen. „Nimm ihn Jungchen, er ist ganz brav und reiten lässt er sich auch", soll Katschmarek gesagt haben und dabei hätte er ein Fläschchen Selbstgebrannten aus der Jackentasche geholt. Und wie ein Zauberer holte er auch in unserer Küche ein Fläschchen aus seiner Jacke.

Das folgende Gespräch vernahm ich nicht. Ich ging noch mal hinüber zum Stall, um zu sehen, ob noch Eier in den Nestern lagen, die sollten in Waren verkauft werden. Unsere Hühner legten fleißig, doch wir selber sahen kaum mal ein Ei in der Pfanne, und Fleisch blieb auch hier für uns etwas Besonderes.

Schulbrot gab es nur selten mit, und oft war es nur eine trockene Scheibe. Ich bekam von einer Klassenkameradin ab und zu eins ihrer belegten Brote, dafür half ich ihr manchmal, auf dem Heimweg von der Schule, beim Aufsatz verfassen. Ihre Note im Ausdruck war, hatte ich ihr geholfen, jedes Mal eine gute, und das brachte mir sogar ein Stück Kuchen ein. Solange ich in Klein Plasten zur Schule ging, blieben wir Freundinnen.

Minka und ich

D a stand sie nun, unsere Minka, wie eben eine Kuh da steht. Mit den Vorderbeinen ein wenig breitbeinig - und ihre Augen glubschten mich an, als wollten sie sagen, was machst du da mit dem Einbeinschemel und dem Eimer.

Vorsichtig ging ich von der Seite her an die Kuh heran, streichelte ihren Hals. Das gefiel ihr. „Ich soll dich melken Minka, bitte steh still." Während ich mit Minka redete, war Onkel Hans in den Stall gekommen. Er hatte mich wohl schon eine Weile beobachtet. Jedenfalls gefielen mir seine Worte gar nicht.

„Rede nicht so viel und stell dich nicht an wie eine Ziege am Strick. Setz dich und melke", dann ging er wieder. Meine Knie wurden irgendwie weich, als ich den Schemel unter mein Gesäß schob.

Minka stand still, meine Hände griffen nach ihren Zitzen. Erst drückte ich schwach zu, um dann etwas stärker zu streichen. Und stripp, strapp, strull, bald ist der Eimer vull.

So ein liebes Tier, dachte ich. Doch in dem Moment spürte ich Minkas Schwanz an meinem Kopf. Wollte sie eine lästige Fliege verjagen, oder hatte ich ihr wehgetan? Ich hielt ein, redete erst mal wieder mit ihr und ich sagte ihr, wenn sie nicht still halte, dann soll sie der Teufel holen.

Wahrscheinlich mochte Minka den Teufel nicht. Sie ließ sich wieder melken. Ich fühlte mich wie eine Siegerin. Mein Eimer war gut dreiviertel voll. Rasch schöpfte ich eine Hand voll Milch aus dem Eimer und schlürfte sie auf, obwohl ich sonst keine kuhwarme Milch mochte.

Eimer und Schemel stellte ich nahe an die Stalltür. Ich begab mich wieder zu Minka, strich ihr über den Rücken und tätschelte sie. Da war Onkel Hans wieder in den Stall gekommen: „Lass die Kuh in Ruhe, komm lieber und lege ihr das Geschirr an.". „Welches Geschirr", fragte ich. „Na, das zum Ziehen." ‚Wieso zum Ziehen, die Kuh ist doch kein Pferd! ', dachte ich.

Ich stellte mich so dumm an, dass mich Onkel Hans mit den Worten: „So eine dumme Nuss", aus dem Stall schickte. Er führte Minka zum Einspännerwagen, doch Minka machte eine plötzliche Drehung und raste wie wild geworden über den Hof davon. „So eine dumme Kuh", brüllte er und rannte hinter ihr her.

Ich setzte meinen Milcheimer ab und schüttete mich aus vor Lachen, auch auf die Gefahr hin, dafür getadelt zu werden.

Der Schusterberg

Inzwischen wurde unser Acker von allen nur noch der Schusterberg genannt. Auf einer Seite wuchs Korn, ein Teil war mit Kartoffeln belegt, und ein drittes Stück mit Kohlrüben und Zuckerrüben. Das Unkraut war nach mehreren Regentagen so hochgeschossen, dass die Zuckerrübenpflänzchen nicht mehr zu sehen waren.

Mutter und ich hackten schon viele Stunden die Zuckerrübenreihen frei. So ging es eine Reihe rauf, dann wieder hinunter. Die Sonne brannte. Plötzlich jagte etwas durch die Reihen. Mutter schrie: „Schmeiß!", und warf selber einen Stein hinter dem Tier her. Sie rief wieder: „Schmeiß, ein Hase!" Ich warf ebenfalls mit Steinen.

Da sauste ein zweites Tier über das Feld. Plötzlich war es still. Ich begriff gar nicht, warum ich mit Steinen geworfen hatte. Ein Hase hätte uns doch nichts getan. Mutter ging in die Richtung, in der sie den Hasen vermutete, sie fand ihn. Wir beendeten vorzeitig unseren Einsatz in den Zuckerrüben, und trugen den Hasen nach Hause. Onkel Hans zog ihn ab.

Der Schusterberg hatte etwas Besonderes, je nachdem wie das Wetter sich gestaltete, zeigte er sich freundlich oder ablehnend den Menschen gegenüber. War es windig, mochte ich ihn nicht. Der Wind kroch mir unter die Jacke. Auch die anderen froren, doch die Kartoffeln wollten geerntet werden, so rutschten wir dann auf den Knien weiter und hackten sie aus der Erde.

Im Winter ließ Onkel Hans einen Streifen des Berges ungepflügt, damit wir Kinder bei Schneefall rodeln konnten. Alle Kinder riefen beim ersten Schnee schon: „Kommt zum Schusterberg!". Siegward zimmerte uns einen Schlitten.

Zur Zeit des Viehaustriebs weilte ich oft am oder auf dem Schusterberg. Ich musste Minka hüten.

Hüten

Längst hatten wir uns an Minka gewöhnt, sie gab täglich ihre Milch. Ich hatte gelernt, sie morgens und abends richtig leer zu melken. Manchmal war ich Minka dankbar, dass es sie gab. Kam ich von der Schule nach Hause, so musste ich mit ihr zum Hüten.

In der Nähe unseres Ackers besaßen wir ein Stück Grasland. Dort durften wir beide uns ausbreiten. War Minka aber zu unruhig und wollte zum Nachbarn auf die Wiese, dann musste ich sie anpflocken. Das war meine schönste Zeit. Ich lag auf dem Gras, schaute zum Himmel, sah den Wolken nach. Am liebsten hatte ich die Schäfchenwolken. Die erinnerten mich an die Fässer voller Daunen im Schuppen meiner Großmutter und an den Gesang der fleißigen Federschleißerinnen.

Auf dem Nachbaracker hörte ich manchmal meine Freundin Hildegard singen. Sie hütete ebenfalls, aber drei Kühe. „Mariechen saß weinend im Garten" sangen wir gern. Doch besonders liebten wir: „Meine Frau kocht Hirsebrei aus einem Elefantenei." Das Lied mochte Minka wohl nicht, sie zerrte an ihrem Strick und ehe ich zu ihr eilen konnte, rannte sie samt Pflock davon. Es dauerte immer eine ganze Weile bis ich sie wieder angepflockt hatte.

Ich suchte für Minka gute Futterstellen aus, damit ich lange meinen Träumen nachhängen konnte. Träume, die hießen Peter, eine Weile auch mal Klaus. Peter und Klaus waren Brüder, ich hatte sie beide gern, doch wem konnte ich davon erzählen? Etwa Minka? Nein, die war ja nur, wie mein Pflegevater sagte, eine dumme Kuh. So kam ich auf die Idee, nächstes Mal zum Hüten Schreibpapier mitzunehmen.

Minka graste brav. Ich saß im Gras und hielt meinen Schreibblock auf den Knien. Ich hörte von der anderen Seite des Bruchs Hildegard singen. Ich rief sie.

Sie hielt im Gesang inne, und ich schrie rüber: „Ich schreibe dir einen Brief." „Ich warte." Kam als Antwort zurück.

Ich schaute zu Minka. Die zog gerade ab in den Klee auf das angrenzende Feld. Papier und Bleistift waren jetzt Nebensache. Ich musste Minka da wegholen. Sie kam auch mit. Ich schimpfte hinter ihr her und achtete nicht auf den Weg. Patsch - ich war mit meinen bloßen Füßen in die . . . pfui Teufel . . . und dann latschte Minka noch auf meinen Block. Trotzdem, ich hütete gerne.

Zwischen Lachen und Weinen

Hildegard und ich tanzten als Paar in der Volkstanzgruppe und baten am gleichen Tag um die Aufnahme in die Freie Deutsche Jugend. Wir trafen uns auch bei den Laienspielern, und oft waren wir zusammen auf Keglers oder unseren Feldern. Unsere Familien halfen sich gegenseitig.

Ohne die Hilfe von Hildegards Eltern hätte es für unseren Onkel Hans schlecht ausgesehen. Er musste immer wieder feststellen, dass er doch mehr vom Schuhmacherhandwerk als von der Landwirtschaft verstand. Deshalb besuchte er jede Bauernversammlung, las in den Zeitungen und holte sich manch einen Rat bei den anderen. Doch trotzdem schafften wir gerade so, das Soll zu erfüllen und die Schulden beim Kaufmann wurden immer mehr.

Mutter und wir Kinder pflückten Holunderbeeren und Kräuter, verkauften diese in Waren in der Nähe der Apotheke. Manchmal musste ich auch allein mit einem Korb voller Kamillesträußchen oder anderen Kräutern neben der Apotheke stehen. Ich war keine gute Verkäuferin. Ich glaube, nur aus Mitleid nahmen mir die Frauen meine Kräuter ab.

Mutter hatte beschlossen, wir legen uns am Fuß unseres Berges ein Stückchen Garten an. Nur so etwas sollte gepflanzt werden, was die Hasen verschmähten, dazu gehörte der Rhabarber.

Unsere Edeltraud, nun schon soweit gesundet, dass sie auch mithelfen konnte, war ganz rührig dabei, Pflanzgut zu beschaffen. Von Gärtner Steinke hatte sie einige Tütchen Saat geschenkt bekommen. Sie legte die Erbsen in den Boden, den mein Bruder am Wochenende umgegraben hatte, säte Radieschen und pflanzt Rhabarber. Das Wasser zum Gießen schleppten wir mit Eimern aus einem Tümpel im Bruch. Tatsächlich wuchsen auch Erbsen, Radieschen, Rhabarber und Tabak. Doch viel gebrauchen konnten wir davon nicht – Madenfraß, Vogelfraß.

Einige Stiele Rhabarber aber ergaben ein Kompott, und vom Tabak wurde so viel geerntet, dass Onkel Hans sich damit über Winter seine Pfeife stopfen konnte. Siegward und ich mussten sogar die getrockneten Tabakstrunken ganz fein hacken. Einiges vom Tabak sollte bis zu meiner Konfirmation, die im Frühjahr bevorstand, aufgehoben werden.

Mir fiel das Hacken mit dem Messer auf dem Brett schwer. Ich hatte mich verhoben, als ich am Morgen die Milchkanne zum Bahnhof brachte und sie auf die Rampe stellte. Es gab einen Knacks in meiner Schulter, der ganze Rücken schmerzte bis ins Brustbein hinein. Einige Tage brauchte ich keine schweren Kannen zu tragen. Doch Edeltraud war zu schwach für diese Arbeiten und Siegward war ja nur im Urlaub und an den Wochenenden zu Hause, so musste ich bald wieder zupacken.

Dazu kam noch, dass Siegward, weil es in der Gießerei so zugig war und auch sein Zimmer in Waren sehr kalt und feucht war, erkrankte. Lange brauchte er, um in einer Klinik für Lungenkranke zu gesunden. Damals habe ich oft geweint, doch manchmal gab es auch etwas zum Lachen.

Ungefähr Mitte Februar muss es gewesen sein, da hatte Mutter die Vorhänge besonders gut zugezogen. Onkel Hans und Katschmarek verwandelten unsere Küche in eine Schnapsbrennerei. Große Kessel standen auf dem Herd. Von einem führte eine Holzrille zu einem Emailletopf. Von der Rille floss eine klare Flüssigkeit, sie tropfte langsam aber stetig in den Topf.

Dieser Topf war mit einer Schüssel abgedeckt. Onkel Hans schöpfte mit einer Holzkelle ein wenig von der Flüssigkeit und prüfte mit spitzen Lippen den Geschmack. Katschmarek tat das Gleiche. Mutter war damit beschäftigt, etwas Holundersaft in einige Flaschen zu füllen. Grünen Absud von Pfefferminze und Johannisbeersaft füllte ich ein. Alle Sorten wurden noch mit Zuckerwasser versetzt, dann mit dem Alkohol aufgefüllt. Wir besaßen nun richtigen Likör.

Das Schnapsbrennen zog sich über mehrere Abende hin. An einem dieser Abenden erzählte Katschmarek, er wollte im vergangenen Jahr Rhabarberwein ansetzen, doch das konnte er nicht, denn eines Tages sei er in seinen Garten gekommen und „Oh Schreck – ich gucken, gucken nichts zu sehen, ganze Barbera ist weg, nur noch die Löcherer waren da."

Über Katschmareks Kauderwelsch musste ich laut lachen, vielleicht auch deshalb, weil ich wusste, wer dafür gesorgt hatte, dass nur noch die „Löcherer" da waren. Mutter lachte auch und sie erzählte ihm, dass unsere Trautchen im verwilderten Park hinter dem Schloss den Rhabarber gefunden hatte, auch dass er als Nachspeise hervorragend schmeckt.

Nun lachte auch Katschmarek und sagte: „Hat gefunden den Barbera klein blondes Engelchen, hat gepflanzt den Barbera klein blondes Engelchen, möge Gott machen, dass Barbera gedeiht für klein blondes Engelchen." Ich glaube, es gab niemanden im ganzen Dorf, der meiner Schwester böse sein konnte.

Auf irgendeine Weise verschwand eine von den Taschenflaschen mit dem Holunderlikör, sofort wurden wir Großen verdächtigt. Doch in Groß Dratow auf dem Schulhof wurde sie gefunden. Sie war versteckt in einem Laubhaufen, jemand hat ihn auseinandergescharrt.

Der Lehrer kam im rechten Augenblick. Die Kinder kamen nicht dazu, die Flasche zu öffnen. Natürlich ist die Flasche von niemandem mitgebracht worden. Und Trautchens Lehrer fahndete nicht nach dem Täter. Meine Schwester aber beichtete ihr Vergehen unserem Onkel Hans, den sie längst schon Papa nannte, und dieser sagte nur: „Schnaps ist nichts für Kinder, der macht sie dumm", dabei bemühte er sich, sie streng anzusehen.

Einmal gelang es Onkel Hans, uns eine Freude zu bereiten. Er hatte für uns Schuhe mit Holzsohlen gearbeitet und für jeden ein Geschenk in die Schuhe gesteckt.

Edeltraud bekam einen Griffelkasten. Ihre Augen leuchteten, als sie in ihm ein kleines Abzeichen, ein leuchtendes gelbes Entchen, entdeckte. Siegward erhielt Tinte, Federhalter und einen Schreibblock.

Ich fand in meinen Schuhen eine Schaumperlenkette. Mutters Schuhe standen auf einem gusseisernen Waffeleisen. Ihr standen die Tränen in den Augen, als sie die aufgereihten Schuhe betrachtete. Ich, die sonst kaum zärtlich war, schmatzte Onkel Hans einen Kuss auf die stopplige Wange. Siegward aber sagte: „Danke, Vater."

Raus aus den Kinderschuhen

D er Winter war für mich viel zu rasch vergangen. Es begannen wieder die langen Tage, die immer noch zu kurz waren, um alle Arbeit zu bewältigen, denn nun wartete die Frühjahrsbestellung auf uns. Doch alle Pferdebesitzer bestellten erst den eigenen Acker, ehe sie ihre Pferde verliehen oder mit ihnen zur Hilfe auf andere Felder gingen. Den Traktor konnten wir nicht bezahlen, so hieß es warten und erst mal bei anderen mithelfen.

Mutter und ich hatten außerdem mit der Vorbereitung für meine Konfirmation zu tun. Mehrmals legten wir unseren Bezugsschein für meine Schuhe vor, doch meine Füße waren so groß und so breit, dass wir kein Glück hatten. Größe 40 – nein, haben wir nicht. Mein Kleid, schwarz mit weißem Einsatz, muss ein Vermögen gekostet haben, auch das weinrote zur Prüfung in der Kirche, denn wir mussten beim Kaufmann wieder anschreiben lassen.

Ganz kurz vor der Konfirmation erwischten wir doch noch ein Paar gut sitzende Schuhe für mich. Seit wir die Siedlung bewirtschafteten, hatte Mutter keine Zeit mehr, für uns zu schneidern. Ich war längst größer und kräftiger als Mutter, und zum Spielen wie ein Kind kam ich nicht mehr. Doch Zeit für die Volkstanzgruppe und das Laienspiel gewährten mir Onkel Hans und Mutter. An den Abenden fand man mich auch öfter mit anderen jungen Leuten auf den hinter der Mauer liegenden Telefonmasten sitzen und singen.

Nach diesem Schuljahr, so hatten es meine Mutter und der Pastor abgemacht, sollte ich in einem Diakonissenhaus die Ausbildung als Diakonissenschwester aufnehmen. Ich war gut in Religion und auch recht gläubig, so stand dem nichts im Wege.

Mutter wusste, ich wollte nicht in der Landwirtschaft bleiben, und Schneiderin wollte ich auch nicht werden. Ich hatte die Nächte in Erinnerung, in welchen Mutter nähte. Übermüdet schlief sie manchmal ein, die Näharbeit noch auf dem Schoß. Nein, so sollte es mir nicht ergehen.

Diakonisse hörte sich für mich gut an. Ich war einverstanden. Vorerst aber übte ich fleißig Volkstänze und nutzte jede Gelegenheit mit der Laienspielgruppe, die auch Aufklärungssonntage durchführte, über Land zu fahren

Diesmal hielten wir auch in einem kleinen Dorf nahe der Stadt Stavenhagen. Wir warben für die gegenseitige Bauernhilfe und redeten über die Vorteile, welche die Bauern hätten, wenn sie die Hilfe der Maschinen-Ausleih-Station in Anspruch nähmen. „Mit dem Traktor über den Acker spart sich der Bauer Zeit und viel Geracker", so etwas hatten wir auch parat.

Manchmal kam es vor, dass keiner hören wollte, was wir von uns gaben, und die Bauern beschimpften und verjagten uns. Unser junger Leiter hatte nun die Idee, zwischen unsere Werbetexte Sketche zu setzen. „Man muss die Zuhörer erst locker machen", sagte er.

Da unser LKW auch unsere Bühne war, saßen wir schon geschminkt und in Kostümen auf ihm. So kam es, dass ein altes Mütterchen unter uns weilte. Wir ließen unsere „Alte" immer zuerst absteigen, wobei der Fahrer sie liebevoll vom Laster hob. Wir wurden nämlich freundlicher von den Bauern empfangen, wenn sie zuerst unserem Mütterchen begegneten. Spätestens beim Sketch, bei dem die Alte mit dem Enkel am Schalter steht und Fahrkarten kaufen will, platzte der Schwindel.

Nun war vor meinem Auftritt dieser Sketch dran. Der Mann am Schalter erklärte der Alten, warum sie für den Kleinen nur den halben Preis bezahlen braucht, er hätte ja nur eine kurze, also eine halbe Hose an. „Djä", sagte darauf die Olsch, „Herr Isenbaohner, denn führ ick umsüst, ick droch goor kein Büx nich".

Unser Publikum hatte sich, wie erhofft, lockern lassen und lachte. Die Bauern rückten zusammen und ließen unsere Olsch nebst Enkel mit auf der Bank sitzen.

Ich stieg auf den Laster. Nun stand ich da, in geborgtem Rock und neuer blauer Bluse und dem Kopf voller Sprüche. Hinter mir bewegte sich die Flagge mit der aufgehenden Sonne. Vor mir saßen und standen Bauern, Frauen und Kinder. Von der ersten Bank sah ein blasses Bürschlein erwartungsvoll zu mir hoch. Ich wurde verlegen, unsicher ging ich zwei Schritte vor und wollte meinen Text runterschmettern. In dem Moment kam eine Frau im blauen Arbeitsanzug auf uns zu. Sie trug eine Decke über dem Arm. Der blasse Junge rief ihr entgegen: „Mudding, ick bruck de Deck nich, giff se man de Olsch dor, de hätt keen Büx an!"

Der Bann war gebrochen. „So is dett gaut, de Buern salln sich hellpen", brachte ich hervor und stimmte in das Lachen ein. Diesmal erhielt sogar ich Beifall. Ob das ein Erfolg unserer Propaganda war? Jedenfalls unsere Inge als Olsch war Klasse

Ein doppeltes Fest

Am 18. März, an Mutters Geburtstag, feierten wir meine Konfirmation. Es war ein regnerischer Tag und ich war froh, dass wir ein Fuhrwerk geliehen bekamen, um rasch und mit trockenem Fuß nach Schloen zur Kirche zu kommen.

Mit trockenem Fuß aber nur bis kurz vor die Kirche, der Weg über den Friedhof hatte es in sich. Nicht Sonntagsschuhe, wie wir sie anhatten, sondern Gummistiefel hätten wir gebraucht. Als ich dann vor dem Altar kniete, um den Segen zu empfangen, hatte ich nur eine Sorge, dass mein neues Kleid von dem Matsch an den Schuhen nicht schmutzig würde.

Peter, Pastors ältester Sohn, kniete hinter mir, ich spürte, dass er mein Kleid von meinen Schuhen hob. Und anstatt mit meinen Gedanken beim lieben Gott zu sein, dachte ich nur an Peter. Wir Konfirmanden gratulierten uns nach der Einsegnung gegenseitig. Als Peter mir die Hand reichte, wurde ich verlegen. „Dann bis zur Schule", sagte er zu mir.

Bisher hatte ich vergeblich gehofft, dass Peter mit mir sprach. Ich konnte den nächsten Schultag kaum erwarten. Irgendwie machte mich mein Konfirmationstag glücklich. Es gab Schweinebraten zum Mittag und zum Kaffee Pulverkuchen und eine Mohnrolle.

Einige Gäste kamen auch. Frau Kegler schenkte mir einen kurzärmligen, selbstgestrickten Pullover, am liebsten hätte ich ihn gleich anprobiert. Mutter überreichte sie ein Alpenveilchen.

Wir Kinder hatten über meine Konfirmation fast Mutters Geburtstag vergessen. Später sangen wir und alle Gäste für Mutter ein Lied nach ihrem Wunsch. Es klang gut, fast als singe ein Chor. „Am Brunnen vor dem Tore...", so schallte es durch unsere Küche.

Nachdem Onkel Hans von unserem Selbstgebrannten angeboten hatte, wurden die Zungen locker. Es wurde gelacht, sogar getanzt und auch gestritten. Katschmarek versuchte Onkel Hans zu erklären, dass der Schusterberg nichts taugt. „Zuviel Steine und kein fetter Boden", sagte er. Auch Herr Kegler meinte: „Hans, das beste Land haben sie dir nicht gegeben, wirst immer Ärger damit haben."

Mutter brachte die Streithähne zur Ruhe, sie setzte ihnen die Schüssel mit dem Kartoffelsalat auf den Tisch. Oh, haben die drei Männer viel gegessen. „Auf Martha", rief Katschmarek, und hob das Glas mit dem Klaren. „Auf Martha" prosteten alle anderen ihr zu.

Es war auch Mutters Tag, dieser 18. März 1951, sie hatte es verdient, geehrt zu werden, denn nur ihrer Sparsamkeit war es zu verdanken, dass wir an diesem Tag reichlich und gut tafeln konnten. Mutters „Nun greift aber mal tüchtig zu!" erinnerte mich an unser Zuhause in Masuren.

Stimmung auf null

Die Frühjahrsbestellung lief bei uns nur schleppend an. Irgendwie schlich sich das Pech bei uns ein. Unser Hund begann, die Hühner zu reißen, dabei bekam er reichlich Futter. Wir bekamen Ärger mit den Nachbarn. „Hans, der Hund muss weg, oder wir vergiften ihn", hieß es. Nun banden wir den Hund an die Kette, doch auch das half nicht. Er schnappte noch öfter zu.

Edeltraud musste ihn nach Groß Dratow mitnehmen und ihn beim Hundebauern abgeben. Trautchen wusste nicht, warum der Mann so viele Hunde hielt. Ich habe es auch erst später erfahren. Als Anneliese Steinke mir erzählte, man könne sich beim Hundebauern frisches Hundefleisch kaufen, wurde mir übel.

Dann ist unser Hahn aufsässig geworden. Er flog uns einfach an und hackte auf uns ein. Am Abend wollte er nicht zurück in den Hühnerverschlag. Mutter versuchte mit extra Körnerportionen den Hahn zu locken. Schließlich landete er im Suppentopf.

Minka bekam etwas mit dem Euter. Sie stand nicht mehr still beim Melken und so manches Mal hatte Mutter oder ich, je nachdem wer gerade gemolken hat, ihren Schwanz gespürt. Wir waren verzweifelt. Wie sollte es nur weitergehen.

Auf dem Maschinenhof passierte ein Unglück. Wir hörten etwas bersten, dann entsetzliches Schreien. An einem Dreschkasten, der repariert werden sollte, barst das Antriebsrad. Rad und Treibriemen erschlugen einen Schlosser. Noch tagelang konnten wir uns von diesem Schreck nicht erholen. Keiner konnte ungezwungen über den Hof gehen.

Gerade als bei uns die Stimmung auf null zu sinken begann, besuchte uns Onkel Fritz. Er verabschiedete sich von uns. „Dratow ist nichts für uns", sagte er, „Auf der Insel Rügen gibt es eine Fischfabrik, dort brauchen sie noch Arbeiter, wir ziehen um."

„Schreib mal Fritz" bat Mutter ihn. Onkel Hans bot Fritz einen Schnaps an, sich schenkte er aber kaum etwas ein. Ihm schmeckt manchmal das Essen nicht, auch nicht der Schnaps, und ab und zu musste er sich hinlegen. Mutter gab ihm Kräutertee und machte ihm warme Umschläge auf den Leib, das half.

Herr Kegler half uns auf dem Acker. Diesmal streute ich Mist, weil Onkel Hans noch Schmerzen im Bauch spürte. Manchmal meinte er, das komme vom Giftgas, das er im Krieg eingeatmet hatte. Dann schob er diesen Gedanken zur Seite und sagte: „Ach was, eine Magenverstimmung, die haut doch keinen Schuhmacher um." Doch uns hat sein Kränkeln in der Arbeit zurückgeworfen.

Ich mochte unsere Siedlung nicht mehr. Katschmarek hatte recht, wenn er sagte: „Schuster, bleib bei deinem Leisten." Wir sollten die Siedlung aufgeben, das war auch meine Meinung, doch Onkel Hans war unschlüssig. Er sagte: „Wir schaffen das schon." Ich erinnerte Onkel Hans, dass im Herbst meine Ausbildung zur Diakonissenschwester beginnt. „Ich weiß, ich weiß", antwortete er.

Und alles kommt anders

Während eines Schulausflugs änderte ich meinen Ausbildungswunsch. Es war kein Zufall, dass Pastors Peter sich in meiner Nähe aufhielt. Irgendwann verloren wir unsere Scheu und unterhielten uns, als wären wir schon lange befreundet.

Ich erfuhr, wie schwer es für Peters Vater war, seine vielen Kinder zu ernähren. Peter erklärte mir, nie und nimmer wird jemand vom Beten satt, und genauso ist das mit dem Predigen, niemand wird davon reich. Dann fragte er mich, ob es wirklich mein eigener Wille ist, Diakonissenschwester zu werden. Er erzählte mir, wie streng es in so einem Schwesternhaus sei. Zum ersten Mal hörte ich von der Zurückgezogenheit der frommen Schwestern und von ihrer Opferbereitschaft.

Danach kam Peters Frage, ob ich ganz fest an die Existenz Gottes glaube. Ich stellte fest, dass ich schon oft daran gezweifelt hatte, viel zu oft wurden meine Gebete nicht erhört. Peter hegte ebenfalls Zweifel, sogar an der Schöpfung. Sein Wunsch sei es, einmal Polizist zu werden.

Nach dem Ausflug trafen Peter und ich uns manchmal in den Schulpausen. Ich war nun bestrebt, immer meine Hausaufgaben zu erledigen. Einmal fragte Peter mich, „Kann ich dir in Mathematik helfen?" Inzwischen hatte ich mich entschieden, die Schule nicht nach der 7. Klasse zu verlassen. Ich wollte weiter zur Schule gehen.

Meine Mutter musste dem Pastor meine Entscheidung mitteilen. Er soll gesagt haben, damit habe er fast gerechnet. Peter lachte, als ich ihm erzählte, ich will nicht vorzeitig aus der Schule. Ich erinnerte ihn an sein Angebot, mir in Mathematik zu helfen. Wir überlegten, wie ich Zeit dafür finden könnte. Zuerst wollte ich mit meiner Mutter reden. Es kam nicht mehr dazu, denn nun änderte sich alles.

Onkel Hans war auf Anraten von Onkel Fritz nach Sassnitz auf Rügen gefahren, um sich im Fischereihafen nach Arbeit umzusehen. Er konnte schon bald auf einem Kutter anheuern.

Die Siedlung gaben wir ohne Trauer auf. Es ging alles sehr schnell. Ich erhielt im Juni, wenige Wochen vor Ferienbeginn, ein Zeugnis, mit dem Vermerk: Annette wird mit Sondergenehmigung aus der Schule entlassen. Wer die Sondergenehmigung erteilte, weiß ich nicht. Ich glaube, das entschieden damals ganz alleine meine Mutter und der Lehrer.

Umzug nach Sassnitz

Und wieder zogen wir um. Diesmal mit einem Lastwagen des Fischereihafens Sassnitz. Wir luden Betten, Schrank, Tisch und Stühle auf den Laster. Dazu kam noch unsere Kleidung, Bettzeug und ein Drahtverhau mit sieben Gänsen.

Siegward blieb in Waren, er wollte seine Lehre beenden. So saßen Mutter, Edeltraud und ich hinten im Laster auf einer mit einem Federbett abgedeckten Kiste. Wir hatten so viel Platz, dass wir uns abwechselnd sogar hinlegen konnten, denn wir fuhren in die Nacht hinein.

Ich aber kam nicht zum Hinlegen. Von dem Geschuckel auf den holprigen Straßen wurde mir übel. Manchmal hielt unser Fahrer, und Onkel Hans sah nach, ob bei uns noch alles in Ordnung sei. Einmal rumpelte der Laster so stark, dass die Gänse in ihrem Verschlag durcheinander fielen. Sie schnatterten aufgeregt.

Langsam ging es mir besser. In dieser Nacht glitzerten nur wenige Sterne am Himmel, der Mond leuchtete als schmale Sichel. Ich sah zum Himmel, dann zurück auf die Lichter der Stadt Stralsund. Nun fuhren wir über den Rügendamm der Insel entgegen.

Als wir Sassnitz erreichten, graute der Morgen. Wind wehte uns entgegen. Mutter fror, sie sagte: „Hier will ich nicht begraben sein." Gleich am Anfang des Ortes standen mehrere weißgetünchte Wohnblöcke. Ich las beim Einfahren ein Straßenschild: Erwin-Fischer-Ring, vor der Nr. 27 hielt unser Kraftfahrer an.

Onkel Hans öffnete unsere Wohnungstür. Ich guckte in alle Räume, Edeltraud ging immer hinter mir her. Wir probierten die Wasserhähne, bestaunten die große Badewanne in dem schmalen Bad und stellten fest, dass wir Mädchen zusammen ein kleines Zimmer bekamen.

Sechs lange Jahre hatten wir ein neues Zuhause gesucht. Mir gefiel diese kleine Wohnung, auch das, was ich bisher von der Insel sah.

Onkel Hans feuerte den Küchenherd an. Mutter fror nicht mehr, sie kochte Malzkaffee und bereitete uns ein Frühstück. Gleich danach begannen wir uns einzurichten. Erst am Nachmittag gönnten wir uns Ruhe.

Onkel Hans führte uns runter zum Strand. Der Sand und die Steine waren noch warm in der Sonne. Mutter und Onkel Hans setzten sich nebeneinander in den Sand. Edeltraud schlug plötzlich vor uns Rad. Ich staunte, sie konnte es wieder. Ich setzte mich auf einen nahe am Wasser liegenden Stein, betrachtete die langsam mir entgegen rollenden Wellen, vernahm ihr Rauschen.

Ich sah hinüber zur Hafeneinfahrt, Möwen umkreisten einen einlaufenden Kutter. Mein Blick fing sich dann am uns gegenüberliegenden Landstrich. Neugierig geworden auf die Insel und Sassnitz, wollte ich noch zum Hafen. Doch Onkel Hans sagte: „Lass mal, Nette, morgen ist auch noch ein Tag."

Zurück vom Strand, versorgte ich noch die Gänse, die vorerst im Keller untergebracht waren, mit Gras und jungem Schafgarbenkraut. Beides fanden wir fast im Überfluss an den Hängen der nahen Schlucht hinter den Häusern. Danach wusch ich mich mit Wasser aus dem Wasserhahn, freute mich darüber, wie es, als ich den Stöpsel aus dem Waschbecken zog, verschwand.

Ich ging ins Mädchenzimmer. Edeltraud lag quer in ihrem Bett, die Bettdecke davor. Vorsichtig deckte ich sie zu, dann legte ich mich zum Schlafen hin. Endlich hatte ich ein eigenes Bett. Mutter sah, wie vor langer Zeit, noch mal zu uns rein. „Träum schön, Nettchen", hörte ich sie noch sagen, und mir war, als wäre ich nach einer langen Reise wieder zu Hause angekommen.

Der zweite Tag in Sassnitz

Ich hatte gut geschlafen in meiner ersten Nacht auf der Insel Rügen. Ich rieb mir die Augen frei. Mir gegenüber im Bett schlief noch meine Schwester. Natürlich lag sie wieder quer. Ich hegte den Wunsch, dass sie nicht mehr unter den Folgen der Verbrennung zu leiden hätte. Als Edeltraud am Strand zum ersten Mal wieder Rad schlug, waren alle erstaunt und Mutter hatte richtig glücklich ausgesehen.

Ich suchte nach meinen Pantoffeln, die waren noch verpackt. Meine Fußsohlen spürten den kalten Steinholzfußboden. Ich huschte ins Bad. In der Küche rumorte Mutter. Es roch nach frisch gekochtem Malzkaffee. Ich beeilte mich bei der Körperpflege, denn mein Appetit nach einem Frühstück war riesengroß. Mutter ermahnte mich, leise zu sein, Trautchen schlafe noch. Auch hier hieß es, Rücksicht auf die Kleine zu nehmen.

Nach dem Frühstück lief ich zur Schlucht, um zu sehen, ob ich die Gänse dort hüten könne. Vorerst mussten sie mit gerupftem Gras und mitgebrachtem Korn vorlieb nehmen. Danach half ich beim Auspacken des Geschirrs und der Wäsche.

Inzwischen war auch Edeltraud aufgestanden. Sie bekam sogar eine Tasse Milch zum Frühstück. Es war mir ein Rätsel, wo Mutter diese her hatte. Schon am nächsten Tag war es gelöst. Da durfte ich, nur zwei Wohnblöcke weiter, mit einer Emaillekanne zur kleinen Milchhalle gehen, um Milch und Margarine zu kaufen. Peinlich war mir nur, dass ich gleich beim ersten Einkauf anschreiben lassen musste. Doch die Verkäuferin lächelte mich an. „Deine Eltern werden es bestimmt bezahlen."

Sie hatte ganz selbstverständlich von meinen Eltern gesprochen. Ich hütete mich zu erzählen, dass Hannes, wie Onkel Hans hier genannt wurde, nicht mein Vater war.

Zu Mittag gab es Pellkartoffeln und Hering, die Papa Hannes besorgt hatte. Die zum Hering dazugehörenden Zwiebeln hatten wir aus Schwastorf mitgebracht. Trautchen wollte sie einfach nicht in ihrem Garten stehen lassen.

Nach dem Mittag begleitete ich Papa Hannes zum Hafen. Auf der Gegenseite unserer Wohnblöcke erstreckte sich ein riesiges Erbsenfeld. Eine Handvoll Schoten werde ich mir holen, beschloss ich, als wir daran vorbei gingen. Plötzlich roch es stark nach Fisch. Ich schüttelte mich. „Das kommt vom Fischwerk hoch und von der Fischmehlfabrik", bekam ich erklärt. Wir gingen über die Eisenbahnbrücke. „Hier fährt die Bahn zur Fähre." Ich hatte einen guten Fremdenführer.

Hinter der Brücke begann der eigentliche Ort. Ich erfuhr, dass Sassnitz aus zwei Dörfern besteht, Krampas und Sassnitz. Für mich war es aber die weiße Stadt an der See. Erst 1957 wurde diese zur richtigen Stadt ernannt.

Einige neue Wohnblöcke und viele Villen säumten die Straße. Von links, hinter den Häusern, grüßten mich leuchtende Kreidefelsen. „Dort vor den Kreidefelsen liegt das Kreidewerk, und die Spitze hinter dem Grün, das ist die Kirche von Sassnitz, da kannst du am Sonntag mit Mutter hingehen", hörte ich.

Schweigend gingen wir weiter. Wir bogen in eine schmale Straße ein. ‚Seestraße' las ich. Hier fiel mir auf, dass einige Veranden und auch Fassaden frischer Farbe bedurften. An manchen blätterte sogar der Putz, aber Ruinen sah ich nicht. „Sind hier keine Bomben gefallen, gab es hier keinen Krieg?" Doch Hannes wollte nicht über den Krieg reden. „Komm, ich muss zum Hafen", sagte er nur.

Zu Hause erzählte er, was er von seinem Kapitän erfahren hatte. Am 6. März 1945 zu Beginn der Nacht warfen englische Bomber ihre Tod bringende Last auf die Mole, auf die Baracken des Marine-Organisationslagers und das Bahnhofshotel, in dem sich Nachrichtenhelferinnen aufhielten.

Fünfhundert Wohnungen wurden beschädigt, ein ganzer Teil davon zerstört. Neunhundert Menschen fanden den Tod.

Dieser einzige Luftangriff auf den Ort verbreitete Chaos. Doch jetzt sah man nichts mehr davon. Ich erspähte zwischen den Häusern und Gärten immer wieder ein Stück blaue See, Schiffe auf ihr, dann eine große weiße Fähre.

Wir kürzten den Weg zum Hafen ab. Es ging zwischen Bäumen auf einem abschüssigen Steg nach unten. Dann standen wir vor dem Hafen. Ich sah auf Hallen, Anlegestege, Kutter, Schienenstränge und das riesige Fährbecken. „Hinter dem Hafen beginnen die Promenade und die Steilküste, das wirst du alles noch sehen."

Ich blickte auf die lange Mole. Klatschend brachen sich die Wellen an ihr. Ich sah die Möwen im Flug und hörte ihr Gekreische. „Nette, hier liegt mein Kutter", diese Worte holten mich aus meinem Staunen. Ein älterer Mann in Seemannskleidung rief: „Na, Hannes, bringst deine Tochter mit. Denn man tau, alle Mann an Bord." Doch ich wollte nicht und der Seemann rief mir zu: „Ist man gaut, mien Deern."

Nun wusste ich, mit welchem Kutter Papa Hannes zur See fährt. Doch wie mein Leben hier auf der Insel sein würde, das wusste ich nicht. Ich genoss diesen ersten Inseltag. Hier gab es keine vollen, schweren Milchkannen und keine Futtereimer, aber ein kleiner Eimer mit Heringen wechselte aus der Hand des Seemanns in meine.

Im Laufe der nächsten Jahre hatte Papa Hannes uns noch manchen Fisch mitgebracht. Ob offiziell gekauft oder einfach mitgenommen, darüber habe ich mir keine Gedanken gemacht. Mir hat jeder Fisch geschmeckt, wenn es, wie Hannes sagte, auch nur Beifang war.

So viel Neues

Mutter hatte auf der Schusternähmaschine unsere Gardinen für das Wohnzimmerfenster passend genäht. Auf dem schmalen Fensterbrett stand ein Geranientopf – ein Geschenk von der jungen Frau Piontkowski, die eine Treppe höher wohnte.

Wir saßen zu viert am Tisch und hielten Familienrat. Edeltraud zeigte ihre gepackte Schultasche vor, weil sie bis zum Ferienbeginn noch einige Tage Schule hatte. Vor mir lagen die Bewerbungsunterlagen für eine Lehre als Fischwerkerin. Eingedenk der Worte „Wer essen will, muss auch arbeiten" wagte ich nicht zu widersprechen.

Später, beim Gänsehüten in der Schlucht, weinte ich und Angst, dass ich nun nie richtig rechnen lernen kann, bemächtigte sich meiner. Ich dachte an Hans Peter, er hätte mir geholfen, die Mathematik richtig zu begreifen. Doch so viel Neues stürmte in diesem Sommer auf mich ein, so dass ich der Schule nicht mehr lange nachtrauerte.

Mutter hatte im Fischwerk Arbeit gefunden. Sie putzte leere Konservendosen. Am Abend fühlte sie sich genauso zerschlagen wie nach einem Arbeitstag auf der Siedlung, sagte sie. Doch bald konnte sie es mit den anderen Arbeiterinnen aufnehmen, und ihr Name stand mit an der Tafel der Besten.

Edeltraud ging wieder zur Schule. Sie fand die Sprache der Lehrer und Schüler doof, trotzdem hatte sie bald den Tonfall der Rüganer auch drauf.

Meine Klasse aus Plasten unternahm einen Ausflug zur Insel Rügen. Bei uns in Dwasieden hielt der Busfahrer an, und ich stieg dazu. So bekam ich zum ersten Mal das Kreidewerk und die Orte Binz, Sellin und Baabe zu sehen. Eine Stunde durften wir uns in Binz am Strand tummeln.

Stolz zeigte ich auf den Küstenstreifen, an dem man Sassnitz sah. Am Abend wurde ich bis zur Haustür gefahren und mit vielen Umarmungen verabschiedet. Damit war der endgültige Abschied von der Klasse 7 der Plastener Zentralschule besiegelt.

Meine Vorstellung im Fischwerk stand mir noch bevor. Ich hatte überhaupt keine Ahnung, was die Ausbildung zur Fischwerkerin beinhaltete. Viel lieber wäre ich Krankenschwester oder Gärtnerin geworden, doch dafür hätte ich weiter zur Schule gehen müssen.

Noch, so schien mir, war der 1. September weit von mir entfernt. Ich hütete die Gänse, klaute im Erbsenfeld Schoten und aß sie gleich auf. Ich hackte Holz und schichtete es zu einer Miete auf.

Mit Edeltraud ging ich zum Baden an den Strand. Manchmal wanderten wir auch bis nach Mukran, um uns im feinen Sand sogar Burgen zu bauen. Nach einem Sturm suchten wir dort nach Bernstein. Meine Schwester fand einige dieser leuchtenden gelben und braunen Steinchen. Ich dagegen verguckte mich in einen Feuerstein mit einem Loch. Über dessen Namen „Hühnergott" wollte ich mich kringelig lachen.

Überhaupt war der Sommer 1951 mein fröhlicher Sommer. Ich besuchte den Jugendtreff der Evangelischen Kirche. Mich reizte das Lackbild und das Stück Kuchen, das wir dort bekamen.

In der FDJ-Gruppe sang ich: „Freie Deutsche Jugend bau auf, bau auf". Ich war bereit, etwas für eine bessere Zukunft zu tun. Ein Anfang dazu war ein eigenes Bett und immer etwas zum Sattessen auf dem Teller.

Mit Aufregung erwartete ich die Ankunft der Fähren, die Gäste aus Schweden und Norwegen zu den III. Weltfestspielen brachten. In der Zeit vom 5. bis 19. August 1951 sollte das große Ereignis in der Hauptstadt Berlin stattfinden. Unsere Stadt zeigte sich in buntem Fahnenschmuck. Fanfarenzüge, Musikkapellen und Sportgruppen probten dafür. Auch ich hatte eine Teilnehmerkarte für Berlin erhalten.

Die Norweger wurden mit Fanfarenklängen empfangen. Mir lief ein Schauer über den Rücken. Wildfremde Menschen begrüßten sich mit Umarmungen. Vor mir und Edeltraud stand plötzlich ein blondes Mädchen. „Tove Olsen", sagte sie und hielt dabei einen Zeigefinger auf der Brust. Auf die gleiche Weise nannten wir unsere Namen. Unsere Blumen legten wir in Toves Arm und Edeltraud bekam dafür eine Schachtel Konfekt überreicht. Unser Dankeschön hatte Tove wohl nicht verstanden, denn erst als ich ein „Thank you"- äußerte, erhellte sich ihr Gesicht. Für die nächsten Tage war Zeichensprache angesagt.

Mit einem Sonderzug wurden wir Sassnitzer und Bergener nach Berlin gefahren. Wir fanden in Pankow auf Dachböden und in Turnhallen eine Bleibe. Unsere Verpflegungsbeutel waren gut gefüllt mit Obst, Dauerwurst und geschnittenem Brot. Warmes Essen erhielten wir aus einer Gulaschkanone.

Überall wurde gesungen und getanzt. Ich glaube, es gab keinen Platz, keine Straße, wo nicht irgendein Fest stattfand. Überall Lachen. Bei dem bunten Treiben übersah man fast die Wunden, die der Krieg der Stadt Berlin zugefügt hatte.

Am ersten Abend erhielten wir die Weisung, nicht in den französischen, den englischen und den amerikanischen Sektor zu gehen. Wo waren wir? In der Hauptstadt der Deutschen Demokratischen Republik, auf die wir stolz sein durften.

Ich wollte diese Teilung nicht begreifen, und neugierig zog ich mit anderen los, um einen dieser Sektoren zu beschnuppern. Dafür gab's einen Rüffel und die Aussage, wir hätten Glück, dass wir nicht nach Hause geschickt würden. Wir sollten stets bei unserer Gruppe bleiben. Das taten wir in den nächsten Tagen auch.

Bis heute habe ich diese Tage voller Gesang und Lachen in Erinnerung, auch wenn die Weltfestspiele nicht in ganz Berlin stattfanden.

Der Ernst des Lebens beginnt

Der September näherte sich. Inzwischen hatte ich mich mit dem Gedanken, Fischwerkerin zu werden, angefreundet. Mutter hatte gesagt: „Da gibt es auch mal einen frischen Brathering direkt aus der Drehpfanne." Und wo es etwas zu essen gab, da ging ich gerne hin.

Doch als ich das erste Mal mit Gummistiefeln, einem blauen Kittel und einer weißen Netzhaube ausstaffiert an einem Tisch stand, der vollgepackt war mit eiskalten Fischen, verging mir der Appetit auf Bratfisch. Meine Finger wurden klamm, ich fror am ganzen Körper. Es zog.

Unser Tisch, an dem wir Lehrlinge arbeiteten, stand in einem zugigen Gang. Mir wurde übel und ich hatte Mühe, nicht auf die Fische zu speien. Das Messer konnte ich kaum noch halten. Ich weiß nicht, wie es mir dann doch noch gelang, die Heringe zu säubern. Unsere Lehrmeisterin stand neben mir. Sie wollte uns Mut machen mit den Worten: „Das macht nichts, wenn ihr heute nicht viel schafft, ihr braucht noch keine Norm erfüllen."

Die Normerfüllung hat mir lange zugesetzt. Meine Fische waren zwar immer perfekt gesäubert, aber die Zeitvorgabe machte mir zu schaffen und die Kälte auch. Damit ich nicht so fror, trug ich von meinem Papa Hannes eine Unterhose unter meiner Trainingshose, und Mutter arbeitete mir auch noch ein Wollleibchen zum Unterziehen.

War ich froh, als ich endlich in die Feinmarinaden-Abteilung kam, dort zog es nicht. Am liebsten aber stand ich am Räucherofen und lernte das Räuchern. Dort war es warm, und gegen eine frisch geräucherte Makrele oder einige warme Sprotten hatte ich auch nichts.

Nur mit dem Berichte schreiben hatte ich es schwer. Ich merkte, dass ich leider immer noch nicht wusste, wie manches Wort geschrieben wird. Doch ich hatte Glück, unsere Ausbilderin und unsere Lehrer hatten Geduld mit mir.

Und eines Tages war ich bester Lehrling des Betriebes. Die Auszeichnung, eine Medaille und eine Ledertasche für die Schule, konnte ich aber nicht selber abholen. Ich lag krank im Bett. Ich konnte die Finger, die dick geschwollen waren, kaum noch bewegen. Überhaupt plagte mich der Schmerz in fast allen Gelenken. Irgendwelche Tabletten sollten helfen und die Dorschleber, die Papa Hannes extra für mich mitbrachte, auch.

Im letzten Drittel meines ersten Lehrjahres sollte mir noch eine andere Auszeichnung zuteilwerden. Mein Lehrmeister führte mich in die Versuchsküche und erklärte mir, dass dort nur besonders gewissenhafte Personen arbeiteten.

Frau Klein, eine große, kräftige Frau mit freundlichem Gesicht, war nun für meine weitere Ausbildung verantwortlich. Sie sagte, es gehe niemanden außer uns etwas an, was wir in dieser Küche machen. Ich dachte, soviel Getue um Tomatensoße und Marinaden?

Doch hier lernte ich mehr. Gewürze gab es da, deren Namen ich noch nie gehört hatte und die es auch in keinem Laden zu kaufen gab. Wir mussten uns sogar Taschenkontrollen gefallen lassen. Auf unerklärlichen Wegen verschwand mal etwas vom kostbarem Curry, dem weißen Pfeffer, dem Weinessig, dem feinen Öl, sogar die Lorbeerblätter wurden zusehends weniger.

Wir bereiteten die leckersten Soßen. Wir brieten und kochten Aal, packten diesen und andere zarte Fischfilets in Dosen. Kamen die Konserven dann vom Autoklaven wieder zu uns zum Etikettieren zurück, fehlte jedes Mal eine beachtliche Menge.

Zuerst wusste ich nicht, warum um unsere Versuchsküche eine Geheimniskrämerei herrschte, doch dann erfuhr ich, dass wir für die Regierung in Berlin arbeiteten. Regierung hin, Regierung her, jedenfalls war das, was wir herstellten, so begehrt, dass manchmal sogar eine ganze Kiste mit den Aalkonserven verschwand.

Nun waren sogar Schrankkontrollen angesagt, und dort wurden oft weit mehr als nur ein paar Konserven mit Aal gefunden. Stehlen war nicht meine Sache, mir reichte es aus, dass ich ab und an einen Fisch in meinem Magen verschwinden ließ.

Doch ich lernte im Fischwerk nicht nur die Herstellung der begehrten Konserven, sondern auch das Tanzen. In unseren großen, mit langen Waschbecken versehenen Waschräumen tanzten wir zu Musik aus dem Lautsprecher. Am schnellsten lernte ich den Schieber, etwas schwieriger war es schon, sich mit den Gummistiefeln im Walzerschritt zu drehen. Die Pausen waren immer viel zu rasch zu Ende. Noch bevor ich ins zweite Lehrjahr kam, konnte ich richtig tanzen. Vorher waren Volkstänze meine Leidenschaft.

Unsere FDJ- Gruppe gründete eine Laienspielgruppe. Ich war sofort bereit mitzuspielen, leider gab es für mich nicht so sehr geeignete Rollen. Ich war ein strammes Mädchen, vielleicht gab es deshalb fast nur „Männerrollen" für mich. Ich spielte sie aber gerne.

Nichts als Ärger

Für den Ärger war unsere ganze Klasse verantwortlich. Er begann damit, dass wir nicht in der Lage waren, über einen Arbeitsvorgang einen Vortrag zu halten. „Ihr seid eine Katastrophe!" So kanzelte uns unser Fachlehrer Herr Temme ab. Er wolle mal demonstrieren, wie so ein Vortrag gehalten würde.

Da stand er nun, der kleine, etwas mollige Mann, in seinem immer tadellos weißen Hemd, der hellblauen Krawatte und stets frisch gebügeltem grauen Anzug, und hielt einen Vortrag über „Die richtige Aalsäuberung". Mit zahlreichen Gesten unterstrich er seine Worte. Als er eine Hand von seiner Kehle aus über den Leib führte und am Hosenschlitz die Hand ruhen ließ, brachen wir in schallendes Gelächter aus. Ich hatte nur noch die Worte, man setzt das Messer mit einer raschen Bewegung . . . verstanden. Alles andere verschlang unser Lärm.

Herrn Temme verschlug es die Sprache, sein Gesicht verfärbte sich rot, und nach Luft schnappend verließ er den Raum. Unser Lachen blieb uns in der Kehle stecken, trotzdem heckten die Jungen für den nächsten Fachkundeunterricht etwas aus. Sie meinten, wieder eine Freistunde zu haben sei doch nicht schlecht.

Auch diesmal kam unser Lehrer, als wolle er ins Theater. Wieder sah er aus, als hätte er nie einen Fisch in der Hand gehalten. Wir waren gespannt, was er nun demonstrieren würde.

Herrn Temmes erste Worte waren: „Heute sehen wir uns mal die Neunaugen an." Tatsächlich hatte er welche mitgebracht. Er zeigte auf einen Eimer mit Deckel. „Die betrachten wir uns nachher genau."

Es roch schon stark nach Fisch im Raum. Mich ekelte es etwas, und als ich dann einen Tropfen auf meiner Schulter spürte, sah ich hoch. Da hingen über allen Lampen Neunaugen. Sie waren einmal um den Lampenstiel gewickelt, so konnten sie nicht abrutschen.

Nun bemerkte Herr Temme die geschmückten Lampen. Er sah einmal stur in die Klasse, und ohne ein Wort an uns verließ er fast geräuschlos den Raum. Ich hoffte, er käme wieder. Die Jungen beeilten sich und holten die Neunaugen von den Lampen.

Wir hatten nun tatsächlich eine Freistunde, die verbrachten wir leise und abwartend. Doch es passierte nichts. Erst in der nächsten Schulwoche verständigte uns die Deutschlehrerin, dass unser Fachkundelehrer gekündigt hätte, und dass er dieser Schule ab sofort nicht mehr zur Verfügung stünde. Den Grund dafür nannte sie nicht, wir kannten ihn. Die Jungs verhielten sich kleinlaut, doch dann platzten sie mit dem Neunaugendebakel heraus.

Wir alle wollten keinen neuen Fachkundelehrer, deshalb gingen einige Jungen, zwei Mädchen und ich zu Herrn Temme und baten ihn, die Kündigung zurück zu nehmen.

Er hatte der Schulleitung nichts von unserer Gemeinheit erzählt. Ich schämte mich sehr, den andren ging es sicher nicht besser. Dass wir das Lehrjahr mit guten fachlichen Ergebnissen abschlossen, hatten wir unserem Temme zu verdanken.

Und Schiller war's doch

Einmal, es muss Mitte des ersten Lehrjahres gewesen sein, fuhren wir mit dem Zug nach Stralsund. Da sich fast alle Lehrlinge an der Fahrt beteiligten, verlief die Fahrt für uns kurzweilig. Wir sangen „Hoch auf dem gelben Wagen" und andere Volkslieder, aber auch solche, die wir gerade in der FDJ gelernt hatten. Ich erinnere mich an „Spaniens Himmel breitet seine Sterne" und „Völker hört die Signale . . .".

Doch Arno Kieselbach, unser Vorzeigelehrling, brachte uns zum Schweigen. Er hatte sich seine lockigen dunklen Haare mit einem Gummi zusammengerafft und sein Jackett, aus dem er etwas herausgewachsen war, geöffnet. Er stand vor uns und deklamierte aus Schillers „Die Räuber". Ich bewunderte ihn. Wir kamen schon gut auf Schiller eingestimmt im Theater an. „Kabale und Liebe" rührte mich zu Tränen. Es war mein erstes Bühnenstück, das ich sah.

Im Deutschunterricht gab es eine Nachbetrachtung. Jeder sollte etwas über das Stück oder über den großen Dichter Schiller erzählen. Die meisten von uns wussten wenig über Schiller. Ich auch, obwohl ich schon in den Schillerbänden geblättert und einige Gedichte gelesen hatte, als ich in Waren bei den Kittelmanns in den Ferien weilte.

Damals lernte ich die erste Strophe des Gedichtes „Sehnsucht" auswendig: „Ach, aus dieses Tales Gründen, die der kalte Nebel drückt, könnt ich doch den Ausgang finden, ach wie fühlt ich mich beglückt . . . hätte ich Schwingen, hätt ich Flügel, nach den Hügeln zög ich hin."

Ich brachte die Strophe leidlich zusammen und sagte. „Ich weiß aber nicht, ob das Gedicht wirklich von Schiller ist."

Da sprang Arno Kieselbach auf und rief: „Schiller war's doch", und er rezitierte das Gedicht bis zur letzten Zeile: „Nur ein Wunder kann dich tragen in das schöne Wunderland." Das war meine schönste Deutschstunde, die ich je erlebte.

Als ich eines Tages, mit den Schillerbänden beladen, nach Hause kam, fiel meine Mutter fast in Ohnmacht. „Du sollst für ein neues Kleid sparen", sagte sie streng, doch den Kauf wandeln brauchte ich nicht.

Großfamilie

Es tat mir leid, die Lehre nicht in Sassnitz beenden zu können, denn ich hatte es von zu Hause aus bis zum Fischwerk nicht weit. Auch zur Berufsschule waren es nur wenige Minuten, wenn ich die Abkürzung durch die Schlucht nahm.

Hinter der Schlucht im Dwasiedener Wald, nahe unserer Schule, fand ich bei einem Bummel mehrere Holzgrabkreuze. Es waren Gräber von Opfern des Bombenangriffes auf Sassnitz, wurde mir erzählt. Mich erinnerte diese Stelle im Wald sehr an die letzten Tage in Dreifelde, und einige Tage konnte ich fast ohne Grund weinen.

Ich war unlustig und fand nicht mal Freude an den Waldläufen mit Mutter, Erna Piontkowski, meinen Freundinnen Lotte und Hertha. Bei diesen Waldläufen hatten wir sonst viel Spaß. Wir blieben an lichten Stellen stehen, machten gymnastische Übungen, sangen manchmal auch und tanzten herum. Wir benahmen uns wie übermütige Kinder.

Übrigens, Hertha lernte auch Fischwerkerin. Sie wohnte bei uns, dadurch verlor ich mein eigenes Reich. Meine Schwester musste mit im Schlafzimmer schlafen, und Hertha bekam ihr Bett. Kam Siegward an manchen Wochenenden nach Hause, war es sowieso ein Problem mit dem Schlafen. Ich wollte nicht mehr mit ihm das Zimmer teilen, da wäre es mir lieber gewesen, Hertha wäre nicht nach Hause gefahren.

Meine Mutter hatte ein großes Herz, deshalb wohnten später einige Zeit Ingrid Stolz, Edith Dachner und ihr Verlobter bei uns, und ab und zu auch mal eine von Siegwards Freundinnen.

Eines Nachts brachte Siegward ein Mädchen mit heim, das er weinend an einer Hausecke getroffen hatte. Sie hieß Lilo. Ihre Eltern waren in den Westen geflüchtet und sie hatten das gerade achtzehnjährige Mädchen allein gelassen.

Lilo wurde mit ins Mädchenzimmer einquartiert und sie genoss die gleichen Rechte wie Edeltraud und ich. Doch mit den Pflichten nahm sie es nicht so genau. Ich war manchmal böse auf meine Mutter, weil sie immer wieder jemanden aufnahm. Was hatte ich davon, dass sie von allen Mutti genannt wurde? Jedenfalls hätte ich es lieber gesehen, wir wären nicht ständig eine Großfamilie gewesen.

Mir gefiel es nicht, mein Bett für die vorübergehenden Familienmitglieder abzugeben. Ich hatte mich viele Jahre auf ein eigenes Bett gefreut, und nun musste ich von einer Schlafstatt zur anderen ziehen. Meistens war es die Couch im Wohnzimmer. So kam es mir doch ganz recht, dass ich nach Rostock musste.

Wieder auf Reisen

D a stand ich nun mit meinem Koffer auf dem Bahnsteig. Die Reisenden nahmen keine Notiz von mir. Ich kam mir verlassen und verloren vor. Niemand war da, der mir nachwinken würde. Mutter war wieder einmal krank und lag fiebernd im Bett. Edeltraud war zur Schule und Papa Hannes auf See.

Mutter hatte geweint und gesagt: „Machs gut, mein Annettchen", als ich mich von ihr verabschiedete.

Was sollte ich gut machen? Ich wusste ja gar nicht, was in Rostock auf mich zukam. Noch nie hatte ich in einer großen Stadt gelebt. Ich kannte nur Waren/Müritz und Oranienburg. Na ja, in Lyck war ich auch schon, doch dort an Mutters Hand.

In Stralsund traf ich drei weitere Lehrlinge aus meinem Lehrjahr. Insgesamt waren wir sieben, die von den einst 15 Lehrlingen übrig geblieben waren. Wir sollten in Rostock im Fischwerk Marienehe unsere Ausbildung beenden. Wir seien die Zukunft des Sassnitzer Fischwerks, hatte unsere Lehrausbilderin Frau Pluns uns bei der Verabschiedung gesagt, und sie wüsste, dass wir es schaffen.

Vorerst hatten wir es geschafft, in Marienehe ohne Zwischenfälle anzukommen. Wir trudelten nach und nach ein, neugierig beäugt von den im Heim anwesenden Mädchen und Jungen.

Die ist aber doof

Vor dem Abendessen mussten wir uns im Speisesaal vorstellen. Jeder von uns sollte ein paar Sätze über sich erzählen. Ich hatte mich bisher nur einmal vorstellen brauchen. Komisch, daran dachte ich. Ich sah mich wieder dem Schuldirektor aus Johannisburg gegenüber, ich hörte ihn fragen, nachdem er einige Worte mit Marie von Gemering gewechselt hatte: „Und wie heißt du?"

„Ich bin Annette Edith von Kopanka", antwortete ich ganz laut und deutlich. Ich hatte mich geadelt. Der Direktor strich mir über meine schwarzen Ponnyhaare und mein Lehrer lächelte.

In Rostock im Speisesaal stand ich wie versteinert, dann strich ich mir meine widerspenstigen dauergewellten Haare aus der Stirn und sagte: „Ich bin Annette Kopanka", und setzte mich wieder hin. Ich hörte einen Erzieher: „Hat noch jemand eine Frage an Annette?" Nein, niemand. Ich vernahm vom Nebentisch deutlich die Bemerkung: „Die Schwarzhaarige aus Sassnitz, die ist doof."

Ich drehte mich um, sah eine blasse Blonde erröten. Und mit den Gedanken, dir werde ich es schon zeigen, begann mein 2. Lehrjahr.

Nachdem wir Neuen uns mit den anderen unserer Klasse beschnuppert hatten und wir die Gepflogenheiten in Schule, Betrieb und Heim kannten, hatte auch ich die Scheu verloren. Ich fand nur nicht gut, dass ich jetzt, hatten wir Ausgang, von den Erziehern mit auf den Weg bekam: Annette, bringe die Truppe wieder gut und vollständig zurück. Innerlich wehrte ich mich dagegen, doch wenn ich es geschickt anstellte, brauchte ich nicht die Aufpasserin sein.

Jeder bekam eine Aufgabe, die richtigen Verbindungen mit der Straßenbahn raussuchen, Fahrscheine und Kinokarten kaufen. Und jedes Mal wurde ein Stadtführer oder eine Führerin bestimmt. Waren wir zurück im Heim, musste ich Meldung machen, ob alles glatt gelaufen ist.

Die Erzieher sahen es nicht gerne, wenn wir uns einzeln in die Stadt begaben, und ganz besonders warnten sie uns vor dem Gasthaus Schuster. Das ist eine Seemannskneipe, hieß es. Doch wir Mädchen, auch unsere Beste, die blasse blonde Irma, haben mehrmals das Gasthaus Schuster besucht und getanzt.

Unsere paar Jungen holten uns dann immer pünktlich ab, sie waren inzwischen eigene Wege gegangen, doch manchmal gab es auch Eifersüchteleien. Was wir denn dabei fänden, mit diesen ollen Kerlen zu tanzen. Tanzen könnten wir schließlich mit ihnen im Heim, an den dafür vorgesehenen Abenden. Das taten wir trotzdem, und fast jede hatte schon einen Verehrer.

Meiner war Rudi aus dem letzten Lehrjahr der Seemannsklasse. Rudi war sehr zurückhaltend. Ich habe eine Weile gebraucht, seine Annäherung zu bemerken. Zuerst hatte er mich am Seemannssonntag gefragt, ob er mir sein Konfekt schenken darf. Später schenkte er mir den Harzer Käse, weil ich Harzer besonders gern aß. Des Käses wegen wollten mich die Mädchen nicht mehr im Zimmer haben. Ich hortete diesen und ich fand, der Geruch in unserem Zimmer sei keineswegs anstößig.

Hertha und Edith ließen sich für mich manchen Schabernack einfallen. So fand unter meinem Bettlaken eine Schüssel Wasser Platz. Mit dem Ausruf: „Verdammte Schei ...“; war ich in einem Satz wieder aus dem Bett. Irgendwann ließ ich es mit dem Harzer sein, und es herrschte wieder Frieden im Zimmer 13.

Rudi traf mich einmal weinend in der Nähe des Heimes. Ich wollte weglaufen, einfach weg. Ich hatte ein Gespräch unseres Mathelehrers und des Fachkundelehrers ungewollt gehört. Der Mathelehrer war der Meinung, ich würde die Prüfung im Theoretischen nie schaffen. Der Fachkundelehrer aber meinte, die ist nicht dumm, ihr fehlen nur die Grundlagen, sie ist schon aus der 7. Klasse aus der Schule genommen worden. Sie einigten sich darauf, noch ein wenig Geduld zu haben.

Ich schwor mir, euch werde ich es auch zeigen.

Rudi legte nur den Arm um mich, ich weinte mich aus. Statt mit den anderen den Ausgang in der Stadt zu verbummeln, paukte ich jetzt Rechnen und für das Fach Physik. Rudi half mir dabei.

War Rudi mit dem Schiff einige Tage auf See, fehlte er mir.

Die Arbeit im Fischwerk hatte ich gern. Es war ganz anders als in Sassnitz. Wir erhielten Aufgaben wie selbständig Hering zu garen, das Gelee dafür zuzubereiten. Oft steckte ich dafür ein Lob ein. Die Ausbildungswoche in Rostock verging immer rasch. Ruckzuck fuhr ich wieder am Wochenende nach Hause.

Tanzen und große Wäsche

Wenn ich Glück hatte, durfte ich mit meinen Freundinnen zum Fürstenhof zum Tanz. Ich vermisste Rudi an diesem Abend nicht. Erhard Husmann, der junge Fischer von SAS 21, den mein Papa Hannes sehr mochte, ließ kaum einen Tanz aus. Wichtig war, dass ich pünktlich nach Hause kam.

Da ich keine Uhr besaß, klappte das nicht immer. Einmal gab es von Mutter für die Verspätung heftige Ohrfeigen. Den Spruch „Komm mir ja nicht mit einem Kind!" kannte ich auch schon.

Manchmal aber hatte ich den Eindruck, als wollten Mutter und Papa Hannes mich verkuppeln. Öfter brachte Papa einen jungen Kollegen mit, dem dann meine Kochkünste und mein häuslicher Fleiß gepriesen wurden.

Als ich wieder zur Schau gestellt wurde bin ich einfach ins kleine Zimmer gegangen und aus dem Fenster geklettert. Bis zum Abend war ich unsichtbar. Papa Hannes' „So eine dumme Nuss" bekam ich dafür zu hören. Mutter sagte, ich hätte sie in eine peinliche Situation gebracht.

Das war alles gut zu verkraften, doch hieß es „Nette, die Wäsche ist schon eingeweicht", war für mich das Wochenende gelaufen. Zwei Tage hatte ich immer zu tun, zu schrubben, zu waschen und zu spülen. Ich hasste das Waschbrett und noch mehr das Bügeleisen. Oft hieß es: „Beeile dich, Siegward muss die Hemden noch mitnehmen."

Warum immer ich? Ich streikte, lehnte es ab, für Siegward zu bügeln, nach Kinokarten anzustehen für die halbe Hausgemeinschaft usw. „Trautchen kann auch was tun", sagte ich. Trautchen brauchte aber nicht, ich war ja da.

Mutter und Schwester hatten es schwer mit mir, mein Bruder auch. Ich wollte einfach nicht mehr das Dienstmädchen sein. Ich war nicht mehr die große fleißige Deern, die für alle Arbeiten gut war. Ich war ich.

Manchmal war es auch schön an den Wochenenden in Sassnitz. Wir tummelten uns alle Fünfe am Strand in Mukran. Siegward spielte den starken Mann und ließ eine Pyramide bauen, mit sich als Untermann, als Krönung Trautchen obendrauf. Papa Hannes sah glücklich lächelnd dem Treiben zu. Er litt unter starken Magenbeschwerden. Die Seefahrt bekäme ihm nicht, meinte Mutter.

Ich war versöhnlicher zu ihm geworden und nahm ihm die „dumme Nuss" nicht mehr übel, zumal er sich dafür entschuldigte, rutschte der Spruch ihm raus. Musste ich Papas Hemden bügeln, meckerte ich nicht mehr.

Prüfungsangst

Die letzte Zeit meiner Lehre stand bevor. Wir schrieben mehr und mehr Arbeiten, um für den Lehrabschluss gewappnet zu sein. Einmal war ich so aufgeregt, als es die Arbeiten zurückgab, dass ich meinen eigenen Namen beim Aufrufen überhörte.

Zuerst wurden die Namen derer, die die besten Noten erhielten, genannt. Da brauche ich sowieso noch nicht hinhören, dachte ich mir. Als Hertha mir einen Stoß in die Seite gab – „Nette, du"- war ich erschrocken. Ich hatte doch noch gar nicht Irma aufstehen sehen. Konnte ich auch nicht, zum ersten Mal war ich vor Irma dran.

Abends bei einer Probe zu einem Theaterstück, das wir unter der Leitung einer Rostocker Schauspielerin einübten, hatte ich meinen Text vergessen. Ich schämte mich sehr, doch niemand lachte mich aus. Frau Sänger sagte nur: „Das kann jedem passieren."

Nun hatte ich ständig Angst, ich wüsste bei der Prüfung nicht mehr, was ich schreiben oder sagen wollte. Dachte ich an Fachrechnen oder Physik wurde mir sogar übel, und ich bekam Bauchkrämpfe. Ich wollte mich ins Bett legen und krank sein, dann brauchte ich keine Prüfung mitmachen.

Doch noch rechtzeitig fiel mir wieder ein: ‚Denen werde ich es aber zeigen!'. Jetzt steht in meinem Facharbeiterzeugnis hinter Fachrechnen und Physik „sehr gut".

Ausgangssperre und Lehrabschluss

Ich hatte die Arbeit in Gesellschaftskunde vermasselt. Nur eine Drei. Ich war zornig auf mich und den Lehrer, der sie mir gab. Dem hatte ich beim Baden in der Warnow eine Backpfeife gegeben. Er wollte mir und einigen Lehrlingen das Schwimmen beibringen. Ich mochte nicht, dass mich jemand anfasste und schon gar nicht, wenn jemand zu nahe an meine Brüste kam. Als ich seine Hand spürte, hatte es geklatscht. Von wegen „…ich bringe euch in der Freizeit das Schwimmen bei…".

Die Drei wurde mir völlig egal. Ich hatte nun mal meine ganze Verwandtschaft im Westen, da war das mit dem Klassenfeind so eine Sache. Ja ja, wir lieben die Heimat, die schöne, doch es gab noch mehr, was ich liebte.

Jetzt liebten wir den Sommer, das Baden, aber ohne unseren freiwilligen Schwimmlehrer, der uns, wie wir sagten, auch jeden Spaß verderben konnte. Wir, diesmal eine reine Mädchengruppe, hatten beschlossen, einmal noch, sozusagen zum Abschied, zum Gasthaus Schuster zu gehen.

Doch unser Gesell, wie wir den Gesellschaftskunde- Lehrer nannten, verkündete uns: „Für das ganze Heim ist eine Ausgangssperre verhängt." Die Lehrlinge aus der Stadt fehlten. Da wir im Zimmer kein Radio hatten, wussten wir noch nichts. Die Fischerlehrlinge erzählten, dass die Arbeiter in den Fabriken und im Hafen „Freiheit" forderten, und dass sie zum Teil die Arbeit niederlegten. Genaueres erfuhren wir nicht. Dann verkündete uns unsere Schulleitung, der Ausnahmezustand wäre für die ganze DDR ausgerufen.

Wir durften das Lehrlingsheim nur mit besonderer Genehmigung verlassen. Doch wir Tanzwilligen und nun auch einige Jungen wollten uns vor Ort umsehen und schlichen uns nach dem Abendessen aus dem Heim. Bis nach Rostock kamen wir gut rein.

Uns fiel nichts Besonderes auf. Auf einmal wehrten uns aus einer Seitenstraße kommende Männer ab. „Kinder, aber ab nach Hause, in der Stadt stehen Panzer."

Das Wort Panzer ließ uns gleich die Rücktour antreten. Ich denke, jede und jeder von uns hatte irgendwie eine Beziehung zum Panzer und bestimmt, wie bei mir, keine Gute. Ich dachte sofort an Krieg.

Nachdem wir die Bahn verpassten, gingen wir zu Fuß weiter. Wir verfehlten den richtigen Weg nach Reutershagen und gerieten so in die Dunkelheit. Uns schien, wir liefen im Kreis. So war es auch, bis ein Mann, der in einer Haustür stand, uns den richtigen Weg wies.

Im Heim war unsere Abwesenheit bemerkt worden und alle Lehrlinge und Erzieher sorgten sich um uns. In der Nähe des Heimes hielt man schon Ausschau nach uns. Als wir wieder zurück waren, erwarteten wir ein Donnerwetter, doch es blieb aus. Es schien, als seien alle froh, dass wir wieder da waren.

Am Morgen mussten wir uns auf dem Pausenhof vor allen Lehrlingen und Lehrern aufstellen. Ich schaltete auf Durchgang, nicht ein Wort habe ich aufgenommen. Danach sangen wir alle das Lied: „Bau auf, bau auf, freie deutsche Jugend bau auf…"

In den nächsten Wochen hatte ich den Eindruck, alle für uns verantwortlichen Pädagogen behüteten uns wie Glucken ihre Küken. Von dem, was in der Stadt passierte, bekam ich nicht viel mit. Da ich kaum mal Marienehe verließ, gab es für mich auch keinen Ausnahmezustand.

In den letzten Tagen meiner Lehre luden mich unser Lehrmeister und die Schulleiterin Frau Leuthäuser zu einem Gespräch, welches mich aus der Ruhe brachte. Sie baten mich, nach dem Lehrabschluss im Rostocker Fischkonservenwerk Marienehe zu bleiben und dort zuerst in der Feinmarinaden-Abteilung zu arbeiten. Aufstiegsmöglichkeiten hätte ich auch.

Ich arbeitete gerne in diesem Werk. Es war nicht so kalt in ihm wie im Sassnitzer Werk. Ich hatte aber Sehnsucht nach dem Strand in

Richtung Mukran, dem Hafen meiner weißen Stadt, mit den vielen kleinen Kuttern, dem Fährhafen mit den großen Fährschiffen, den Kreidefelsen und dem Rauschen der Wellen. Vor allem wollte ich aber wieder bei meiner Mutter, der kleinen Schwester und Papa Hannes sein. Ich entschied mich für Sassnitz.

Wir legten unsere Prüfungen ab. Bei der Überreichung des Facharbeiterbriefes wurde ich als dritte aufgerufen, gleich nach Irma. Ich war glücklich. Wir feierten noch einen letzten Seemannssonntag, diesmal mit Musik und Tanz. Rudi und ich versprachen uns zu schreiben. Seine Adresse legte ich in meinen Facharbeiterbrief und diesen in den gepackten Koffer.

Ich fuhr zurück nach Sassnitz, mit einem Facharbeiterzeugnis, in dem nicht nur die Noten standen, sondern gleich auf dem Deckblatt folgendes Zitat:

„Voller Vertrauen zu unserer Regierung, die bewiesen hat, dass sie unbeirrbar für den Frieden, die Wiedervereinigung unseres Vaterlandes und die Verbesserung der Lebenslage der Bevölkerung eintritt, wollen wir mit verstärkten Kräften an dem schönen Werk des Aufbaues unserer Republik arbeiten." (Aus dem Aufruf des Zentralrates der FDJ vom 20. Juni 1953 an alle Jungen und Mädchen)

Diese Worte beeindruckten mich, besonders die von der Wiedervereinigung unseres Vaterlandes. War unsere Familie doch die einzige von der großen Verwandtschaft, die im Osten Deutschlands lebte. Die letzten Verwandtenbesuche gab es in Masuren. Wiedervereinigung, das klang gut. Doch ich hatte auch Zweifel, manchmal wusste ich nicht, was ich glauben konnte.

Als ich an das Fischwerk in Sassnitz dachte, begann ich zu frösteln. Ich war mir nicht sicher, ob ich zur Zukunft des Fischwerkes, wie Frau Pluns es sagte, gehören wollte.

Ich hob meinen abgeschabten Pappkoffer aus dem Gepäcknetz. Ich stellte fest, der hat seinen Dienst getan. Ich werde einen neuen brauchen.

Danksagung

Mein herzlicher Dank gilt meinem lieben „Rotstift",
Dr. Barbara Seidel und meiner Freundin Bärbel Hink.

Ganz besonders danke ich meinem Mann, der mich von der ersten
bis zur letzten Zeile unterstützte.

Dass aus dem Manuskript ein Buch wurde, dafür sorgte mit Liebe
und Umsicht meine Schwiegertochter Ildiko Naujoks.

Danke!

Annette Naujoks

Diepholz, im Oktober 2015

www.tredition.de

Über tredition

Der tredition Verlag wurde 2006 in Hamburg gegründet. Seitdem hat tredition Hunderte von Büchern veröffentlicht. Autoren können in wenigen leichten Schritten print-Books, e-Books und audio-Books publizieren. Der Verlag hat das Ziel, die beste und fairste Veröffentlichungsmöglichkeit für Autoren zu bieten.

tredition wurde mit der Erkenntnis gegründet, dass nur etwa jedes 200. bei Verlagen eingereichte Manuskript veröffentlicht wird. Dabei hat jedes Buch seinen Markt, also seine Leser. tredition sorgt dafür, dass für jedes Buch die Leserschaft auch erreicht wird

Autoren können das einzigartige Literatur-Netzwerk von tredition nutzen. Hier bieten zahlreiche Literatur-Partner (das sind Lektoren, Übersetzer, Hörbuchsprecher und Illustratoren) ihre Dienstleistung an, um Manuskripte zu verbessern oder die Vielfalt zu erhöhen. Autoren vereinbaren unabhängig von tredition mit Literatur-Partnern die Konditionen ihrer Zusammenarbeit und können gemeinsam am Erfolg des Buches partizipieren.

Das gesamte Verlagsprogramm von tredition ist bei allen stationären Buchhandlungen und Online-Buchhändlern wie z. B. Amazon erhältlich. e-Books stehen bei den führenden Online-Portalen (z. B. iBook-Store von Apple) zum Verkauf.

Seit 2009 bietet tredition sein Verlagskonzept auch als sogenanntes "White-Label" an. Das bedeutet, dass andere Personen oder Institutionen risikofrei und unkompliziert selbst zum Herausgeber von Büchern und Buchreihen unter eigener Marke werden können.

Mittlerweile zählen zahlreiche renommierte Unternehmen, Zeitschriften-, Zeitungs- und Buchverlage, Universitäten, Forschungseinrichtungen, Unternehmensberatungen zu den Kunden von tredition. Unter www.tredition-corporate.de bietet tredition vielfältige weitere Verlagsleistungen speziell für Geschäftskunden an.

tredition wurde mit mehreren Innovationspreisen ausgezeichnet, u. a. Webfuture Award und Innovationspreis der Buch-Digitale.

tredition ist Mitglied im Börsenverein des Deutschen Buchhandels.

Zeitfracht Medien GmbH
Ferdinand-Jühlke-Straße 7
99095 Erfurt, Deutschland
produktsicherheit@kolibri360.de